KB262385

FUSION FANTASTIC STORY
김동신 퓨전 판타지 소설

귀환인 5

김동신 퓨전 판타지 소설

초판 1쇄 찍은 날 § 2012년 8월 28일
초판 1쇄 펴낸 날 § 2012년 9월 4일

지은이 § 김동신
펴낸이 § 서경석

편집부장 § 권태완
편집책임 § 박우진
본문디자인 § 이혜정

펴낸곳 § 도서출판 청어람
등록번호 § 제1081-1-89호
등록일자 § 1999. 5. 31
어람번호 § 제1-1451호

주소 § 경기도 부천시 원미구 심곡2동 163-2 서경B/D 3F (우) 420-822
전화 § 032-656-4452 팩스 § 032-656-4453
http://www.chungeoram.com
E-mail § chungeoram@chungeoram.com

ⓒ 김동신, 2012

ISBN 978-89-251 2986-0 04810
ISBN 978-89-251-2810-8 (세트)

귀환인

歸還人

FUSION FANTASTIC STORY

김동신 퓨전 판타지 소설

도서출판 청어람

Contents

Chapter
01
분노

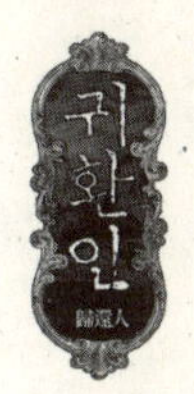

　사탄교도들과의 일전이 끝나고 난 후 세계는 한바탕 뒤집어졌다.

　사람들이 찍어서 올린 영상들.

　사탄교도들과 능력자들 간의 목숨을 건 결투는 핸드폰이나 카메라에 그대로 찍힌 채 삽시간에 인터넷을 매개체로 확산되었다.

　허공에 불길을 피워올리며 강력한 열기로 공격을 하는 붉은 마녀와, 폭풍 같은 몸놀림으로 극도의 파괴력을 선보였던 무뚝뚝한 인상의 남자.

그리고 그런 둘에게 득달같이 달려들던 살기 짙은 표정의 사탄교도들.

그들의 결전 영상은 그것만으로도 일대 파란을 일으키기에 충분했다.

사람들이 올린 영상의 조회수는 한 시간도 채 안 되어 천만을 넘어섰고, 이후 숫자를 세는 것이 무의미하다고 생각될 정도로 조회수가 폭발적으로 늘어났다.

그리고 그런 영상을 본 사람들은 한과 세인트 가디언을 압박했다.

평소라면 아무도 죽을 때까지 지냈을 법한 내용들이었다.

그저 영화나 판타지에서나 접할 수 있을 법한 영상들이 갑자기 눈앞에서 너무나 현실성 있게 펼쳐지자, 영상을 본 사람들은 두려움에 빠졌다.

자신들은 그들에 비해서 너무나 가진 것이 없었다.

그 정도의 능력을 가진 자들이라면 일반인의 목숨은 한없이 가벼이 여길 것이라 생각했던 것이다.

그리고 한 영상과 함께 그것이 사실일 것이라는 의견이 제기되었다.

능력자들이 사람들의 목숨을 우습게 여긴다고 주장하는 사람들이 증거로 내민 영상은 미카엘라의 전투 장면이었다.

아름다운 금발의 푸른 갑옷을 갖춰 입은 여기사는 자신을 스스로 신의 기사라 자칭하고서 강력한 일격을 퍼부으며 어린아이를 무차별적으로 공격했다.

그 여파에 수십 명의 사람이 살아 숨 쉬는 생명에서 단순한 고깃덩어리로 변했다.

결과는 불을 보듯 뻔했다. 일반인들이 보기에 능력자들은 그저 공포의 대상일 뿐이었다.

자신들보다 우월한 능력을 지닌 능력자들을 일반인들은 받아들여주지 않았다.

여론은 금세 불같이 타오르기 시작했다.

당장 몇 시간 전만 해도 존재하는지도 몰랐던 한이라는 능력자 단체와 세인트 가디언이라는 신성능력자 집단에 기자회견을 요청한 것이다.

영상을 본 일반인들의 요청은 어쩌면 당연할지도 모른다.

아무것도 모르는 정체불명의 상대.

그것이 아무리 자신들의 편이라 하더라도 무지에서 오는 불안감은 쉽사리 이성적인 생각을 하지 못하게 했다.

한과 세인트 가디언 역시 '정체 모를 불안한 존재'라는 점에서 일반인들에게 예외가 될 순 없었다.

정부 고위 인사들은 이미 한의 존재를 충분히 알고 있었
다.

아마 대한민국에서 상위 0.1% 안에 드는 사람들이라면
한이라는 수호 단체의 존재 여부를 알고 있을 것이다.

하지만 그중에서도 백호상을 만난 사람은 극히 드물었
다.

지금 한국의 대통령은 자신이 범접할 수 없는 권력과 힘
을 가진 존재를 둘이나 만나고 있었다.

고고한 기품이 흘러나오는 금발의 미녀와 범상치 않은
기도의 중년 남성.

금발 여성이 입은 푸른빛이 감도는 갑옷은 주변에 압도
적인 기백을 흘렸고, 그 옆에 앉은 중년의 남성에게서는 절
대적인 기도가 흘러나오고 있었다.

한 나라의 대통령이나 총수라고 해도 함부로 대할 수 없
는, 전 세계에 다섯 명밖에 없는 초국가적 권력자들.

평생 살아본들 능력자가 아니라면 초국가적 권력자라
고 명명되는 다섯 명의 사람 중 한 명도 만나기 힘들 것이
다.

그것은 대통령이라 해도 다르지 않았다.

아무것도 드러난 것이 없고 아무것도 밝혀진 바가 없는
초국가적 권력자들을, 그것도 두 명을 한 번에 보는 것이

가능할 것이라 생각하지 못했던 한국의 대통령은 콧잔등에
서 땀을 삘삘 흘리며 앞에 놓인 찻잔을 만지작거리고 있었
다.

"너무 긴장하지 마시죠."

잔뜩 긴장한 티가 역력한 대통령의 모습이 백호상의 눈
살을 찡그리게 했다.

고작 이런 간담으로 어찌 한반도를 좌지우지할 수가 있
다는 말인가?

백호상은 눈앞의 한심한 대통령을 보고 순간적으로 나라
의 대통령을 갈아치워 버리고 싶어졌다.

하지만 어디까지나 이 나라의 운명을 좌지우지하는 것은
국민이 할 일이라는 것을 알기에 백호상은 그저 참을 뿐이
었다.

"긴장을 푸시지요."

백호상의 낮은 목소리가 대통령을 위협했다.

한은 한반도를 대표하는 초국가적 세력이자 능력자 집단
이다.

그리고 백호상이 가주로 있는 백씨세가는 한반도를 반만
년이라는 세월 동안 수호해 온 가문.

그렇다 보니 지금 한국을 대표로 나와 있는 눈앞의 대통
령이 기가 죽는 것이 탐탁지 않아 보였던 것이다.

대통령 또한 백호상의 불편한 심기를 읽었는지 최대한 티를 내지 않으려 애쓰는 눈치였다.

그리고 그런 기색을 알아본 푸른 갑옷을 입은 여성은 살짝 미소 지었다.

"그렇게 긴장하시지 않으셔도 됩니다. 오늘 이렇게 뵙게 된 이유는 부탁드릴 것이 있어서니까요."

"부탁 말입니까?"

모르겠다는 어조와 표정이었지만 이미 이들의 목적을 눈치채고 있던 대통령이다.

눈치 하나로 정치계에서 살아남았고 한 나라의 대통령이라는 위치까지 올라온 사람이다.

그런 그가 자신을 찾아온 초국가적 존재들의 상황을 모를 리가 없다.

현재 전 세계적으로 이슈가 되고 있는 동영상.

바로 그때문일 것이다.

"어느 정도 눈치채셨으리라 봅니다. 저희가 찾아온 이유를 말이죠."

찻잔을 조용히 내려놓은 미카엘라의 시선이 대통령을 향했다.

입가는 조용히 미소를 짓고 있지만, 시선은 그렇지 않았다.

이것은 명령이 아닌 부탁.

그리고 어떤 의미로 본다면 거래다.

자신들의 부탁을 들어줌으로써 대통령이라는 사람이 챙길 이득.

"끄응……."

미카엘라와 대통령 간의 분위기를 아는 백호상은 침음성을 흘렸다.

백호상은 별로 맘에 들지 않는 상황이었다.

무엇보다 자신의 나라를 상대로 거래를 하려는 미카엘라가 마음에 들지 않았던 것이다.

그러나 어쩔 수 없다.

현재 상황은 한과 세인트 가디언에게 상당히 불리하게 돌아가고 있었다.

한과 세인트 가디언은 지금 사탄교도들과 똑같은 취급을 받는 상황이다.

그것만으로도 충분히 위협적인 상황이다.

그런데 더욱 위협적인 것은 바로 기자회견을 열어달라고 온라인에서 벌떼와 같은 성화가 일어나고 있다는 것이었다.

이미 인터넷 서명이라는 것에 참여한 사람들이 50만 명이 넘어섰다.

바로 사탄교도들과의 결전이 있은 지 15시간 만이었다.

급속도로 이루어지고 있는 압박에 한과 세인트 가디언은 물러설 곳이 없었다.

그리고 무엇보다 그들을 압박하는 것은 아직 드러나지 않은 다른 세 군데의 초국가적 세력이었다.

그들은 아직 드러나는 것을 반기지 않았다.

그렇기에 그 세 개의 세력은 한과 세인트 가디언을 상대로 상당한 압박을 가하고 있었다.

그중에서도 미국에 자리 잡고 있는 거대 세력은 상당히 언짢아하고 있었다.

그렇기에 다른 세력들에 비해서 규모가 소규모인 한과 세인트 가디언은 압박에 시달리고 있었다.

이번 대통령과의 면담이 끝난 후 다섯 개 초국가적 세력들 간의 회의가 예약되어 있는 상황.

그렇기에 백호상은 심기 불편한 기색을 드러내는 것 말고는 어쩔 도리가 없었다.

"부탁이라니 당치도 않습니다. 사탄교라는 이교도들로부터 우리나라 국민들을 지켜주신 분들인데 부탁이라니요. 말씀해 보시죠."

영활하게 돌아가는 대통령의 머리와 번뜩이는 눈빛은 아까까지 긴장한 기색을 역력히 드러냈던 사람이라고는 보이지 않았다.

'타고난 장사꾼이군. 상대방을 치켜세우는 실력이 보통이 아니야.'

눈빛이 달라진 대통령을 바라보는 백호상의 미간이 더욱 찡그려졌다.

그러나 요즘의 나라에는 리더보다도 장사꾼이 더 어울린다.

다만 그런 자질이 어느 정도로 발휘가 되느냐가 문제일 뿐이다.

"그렇게 말씀해 주니 감사합니다. 저희의 부탁은……."

말끝을 흐리는 미카엘라.

그러자 대통령의 입가에 언뜻 보일 듯 말 듯한 미소가 그려졌다.

두 명의 초국가적인 세력의 수장이 자신에게 부탁을 하고 있다.

물론 부탁의 내용이 무엇인지도 충분히 알고 있다.

'언론을 주무르는 것쯤이야 간단하지. 뒷돈이나 찔러주면 충분하거든. 내가 되는데 이들이 못할 것도 없다. 하지만 이들은 겉으로 드러나지 않는 존재들. 그런 존재들이 언론사들을 압박하며 언론 플레이를 할 수는 없을 것이다.'

영활하게 돌아가는 머리.

"잘 알겠습니다. 어떤 내용인지는 충분히 예상이 갑니다. 현재 상황이 말해주고 있으니까요. 죄송하게 됐습니다. 이교도들로부터 지켜주신 분들인데 이렇게 난처하게 되시다니… 저라도 이렇게 사과드립니다."

기름칠을 한 듯이 부드럽게 나오는 말을 듣던 미카엘라는 한국의 대통령이 쉽지 않은 존재라는 것을 재차 인지했다.

겉으로 보였던 인상과는 사뭇 대조적인 모습이었다.

이제부터 거래의 시작이다.

"하지만 지금 여론은 전 세계적으로 일고 있습니다. 게다가 지금은 언론을 우리 마음대로 억제할 수가 없는 상황이죠. 그들에게 지금 여러분들은 아주 좋은 만찬이 될 테니까요. 아쉽게도 제게는 언론을 억제할 만한 힘이 부족합니다."

대통령의 시선이 백호상을 향했다.

눈치를 준 것이다.

현재 국내에서 대통령의 입지는 아직 작았다.

당선된 지 얼마 되지도 않은 상태인 데다가 여러 가지 비리 때문에 국민들에게 미움도 받고 있는 실정이었다.

그렇기에 대통령은 초국가적인 존재의 힘을 필요로 하고

있었다.

초국가적인 존재인 한이 자신에게 힘을 실어준다면 천군만마를 얻은 것과 같을 테니까 말이다.

그런 사실을 모를 리가 없는 백호상.

더욱 미간이 찡그려졌지만 그것도 잠시일 뿐, 금세 스치고 지나갔다.

자신을 바라보는 대통령의 끈적한 시선이 역겨웠지만, 방법이 없다.

현재 다른 세력들도 자국들의 언론을 억제하기 시작했다.

원래부터 다른 세력들은 언론과 정계에 깊은 뿌리를 내리고 있었기에 빠른 대처가 가능했다.

사탄교도들에 대해서 떠들고 있던 외국의 언론들은 꿀먹은 벙어리처럼 조용해졌다.

그나마 그 사건에 대해서 설명하는 방송에서는 사탄교도들을 비난하면서 언론 플레이를 하는 중이었다.

하지만 한과 세인트 가디언은 그럴 수가 없었다.

워낙에 소수정예로 이루어진 세력이다 보니 그럴 만한 여력이 없었다.

세인트 가디언은 100여 명으로 이루어진 하이프리스트들의 모임이다.

악을 멸하는 사명을 가지고 모인 집단이가 이런 일에 전
혀 신경을 쓰고 있지 않았기에 지금 교황청에서는 진땀을
흘리며 뒷일을 처리하고 있을 것이다.

그리고 한은 한국을 수호하려는 목적 아래 세워진 세력.

워낙에 작은 단체인지라 요원들의 숫자가 500을 채 넘지
못한다.

세인트 가디언을 제외한 다른 세력들의 요원 숫자가 물
경 1만을 넘어서는 것과는 대조적으로 상당히 적은 수였
다.

하지만 그 질은 월등히 높다고 볼 수 있었다.

능력자들의 수준이 타의 추종을 불허하는 것이다.

특히나 백호상 같은 경우도 다른 세력들의 수장들에 비
해서 월등히 높은 무력을 지니고 있었다.

현재 세계에 밝혀진 능력자들과 무인, 그리고 마법사들
중에서도 그 경지가 세 손가락 안에 들 정도로 대단했으니
까 말이다.

소수정예로 이루어진 한은 여론을 억제할 여력까지는 없
다.

지금 상황에서도 한은 풀 가동 중이었다.

피해를 입은 사람들을 위해서 자금을 풀고 있었고, 사
고현장에 비밀리에 투입된 요원들이 사람들을 구하고 있

었다.

그것만으로도 한은 차고 넘칠 정도로 과부하가 걸려 있었다.

"힘을 실어드리겠습니다."

짧은 한마디였지만 대통령의 입가에 만족스러운 미소가 떠올랐다.

세계에 존재하는 다섯 개의 초국가적 기관들 중에서도 비교적 약체로 알려진 한이지만 그것은 한의 능력자들의 실력을 모를 때 하는 말이다.

진정한 실력자들은 한을 두려워한다.

전 세계의 능력자 중에서 강함을 기준으로 뽑은 TOP 100 중 무려 40여 명이 한에 있다.

심지어 그 40여 명도 모두 상급에 랭크된 실력자들이다.

그렇다 보니 숫자만으로 한을 우습게 보기에는 어폐가 있었다.

그런 한이 자신에게 힘을 실어준다는 것은 그만큼 엄청난 것이었다.

물론 대통령은 이 사실을 알고 있었다.

그렇기에 한의 힘을 필요로 한 것이다.

"그럼 충분합니다. 가능하고 말구요. 언론에 대해서는

걱정하지 말아주십쇼.”

대통령의 자신에 찬 어조에 미카엘라는 만족스러운 미소를 지었다.

그리고 백호상에게 미안한 감정이 들었다.

세인트 가디언은 한에게 신세를 졌다.

한국에서 사탄교도들과 격전이 있었고 그 후폭풍을 한에서 감당하게 된 것이다.

“그럼 자리에서 일어나겠습니다.”

백호상은 손도 대지 않았던 찻잔을 들어 단숨에 들이켜고는 자리에서 일어났다.

그리고 그런 백호상의 언짢은 기분을 모를 리 없는 미카엘라 또한 철그렁거리는 소리와 함께 자리에서 일어섰다.

위협적으로 흔들리는 성검.

대통령의 표정이 살짝 굳어지기는 했지만 이내 가볍게 풀렸다.

“그럼 좋은 소식 기다리고 있겠습니다.”

스산한 눈빛의 백호상이었지만 대통령의 철면피에는 흠집도 낼 수가 없었다.

약간은 소심한 듯한 인물이지만 대통령의 자리에 오르기까지 온갖 험한 일들과 위협을 받아오면서도 꿋꿋했던 사람이다.

자신의 눈빛에도 기가 죽지 않은 것, 그것은 마음에 들었
다.

Chapter
02
80년의 고백

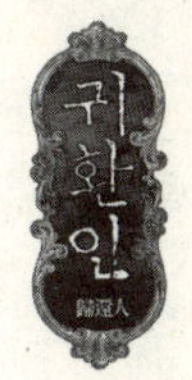

혜연은 죽었다.

스스로 자신을 네거 잭 슈날드라고 밝힌 철갑옷의 기사에게, 배를 할버드에 관통당하면서 죽었다.

그 대가로 지선과 지희의 목숨을 구해내었다.

자식들을 대신해서 죽은 위대한 어머니.

죽는 순간까지도 자식들을 부탁한다던 혜연이었다.

태령은 지선이와 지희를 지켜내었다.

압도적인 무력으로 네거 잭 슈날드를 물리쳤고 사탄교도들을 죽였다.

아마 이 세계로 돌아온 이후로 처음으로 한 살인일 것이다.

그러나 후회나 미련, 혹은 살인에 대한 죄책감은 없었다.

이미 수천을 넘어서 수만에 이르는 생명을 소멸시킨 전적이 있는 태령이다.

그러나 지금 태령은 한 생명의 죽음으로 인해서 상당한 충격에 빠져 있었다.

부모처럼 따르던 혜연의 죽음.

그것은 아무런 유대감도 인연도 없이 혼자만의 길을 걸었던 태령에게 처음으로 느끼는 생살이 도려내어지는 고통이었다.

친구들에게 형제의 연을 느끼고 귀중하게 생각했다면 혜연에게는 부모의 감정을 느꼈다.

자신을 사랑해 주었다.

대가 없는 사랑.

마계로 넘어가기 전에는 몰랐다.

그러나 넘어가고 나서야 그것이 얼마나 귀중한 것인지 깨달았다.

그리고 다짐했다.

자신의 주변 사람들을 반드시 지켜내겠다고 말이다.

그리고 그만큼 노력했다.

지희를 지켜내었고 지선을 지켜내었다.

백작급의 악마를 소멸시켜 버렸고 사탄교 정예들을 죽여 버렸다.

그럼에도 불구하고 혜연은 죽었다.

'힘이 부족했던 걸까?'

지선과 지희를 데리고 한의 은신처로 숨어든 태령은 지희와 지선이 잠든 침대 옆의 의자에 앉아 혼란스러워진 머리를 쥐어뜯으며 자책했다.

'힘이 부족한 것이 아니야. 힘은 충분했다. 나에게 무엇이 부족했을까? 무엇이 부족했기에 죽었단 말인가!'

태령의 자책감이 늘어갔다.

자기 자신이 한심해지기 시작했다.

마계의 마공작으로서 모든 마족과 천족들에게 공포로 군림하던 자신이다.

심지어 마왕조차도 자신에게 조심스러웠을 정도로 태령의 무력은 막대했다.

하지만 그럼에도 불구하고 소중한 이를 지켜내지 못했다.

'나에게… 나에게 부족한 것이 무엇이란 말인가?'

도저히 알 수가 없었다.

부족한 것은 전혀 없었다.

압도적인 무력.

모든 것들은 그것만으로 충분했다.

세력이라는 것은 있으면 좋을 뿐 활동에 있어서 독자적인 활동이 더욱 효율적이다.

혜연을 지킬 수 없었던 이유.

눈물이 흘러내렸다.

간신히 멈추었던 눈물이 다시 볼을 타고 흘러내렸다.

태령의 시선이 지선과 지희를 향했다.

아무것도 모른 채 곤히 잠들어 있는 둘.

그런 둘을 보자 더욱 죄책감이 들면서 시야가 뿌옇게 흐려졌다.

"크흑!"

북받쳐 오르는 감정들을 이기지 못하고 태령의 두 손이 다시 태령의 얼굴을 가렸다.

어깨가 들썩였다.

감정이 요동침과 동시에 태령의 온몸에서 마력들이 분출되려 하고 있었다.

그때였다.

태령의 어깨에 손이 올려진 것은 말이다.

"고맙다. 태령아."

나지막한 목소리.

그리고 다정한 목소리였다.

"아… 저씨……."

태령의 눈물로 범벅이 된 얼굴이 종혁을 향했다.

들어왔던 기척을 느끼지 못했다.

그만큼 지금 태령의 상태가 좋지 못하다는 것을 알게 해주는 반증이었다.

"잠시 이야기를 좀 할 수 있을까?"

종혁 또한 눈가에 붉은 혈기가 감도는 것이 심적으로 많은 고생이 있었음을 짐작케 했다.

태령의 시선이 종혁의 뒤쪽을 향했다.

그리고 느껴지는 이질적인 기운.

'마이너스적인 에너지…….'

태령의 눈가가 황금색으로 돌변했다.

스산한 기운을 넘어서 찌릿찌릿한 살기가 피어오른다.

종혁 또한 태령의 시선이 어디를 향했는지 잘 알고 있다.

분명 자신의 뒤쪽.

그림자를 향해 있을 것이다.

그리고 이 피부를 따갑게 만드는 살기를 피워 올리는 이유 또한 알고 있다.

"진정하고 잠시……."

순간적으로 태령의 몸에서 피어오른 마력이 종혁의 오른

쪽 뺨을 스치고 지나 종혁의 그림자에 꽂혔다.

"감히 여기가 어디라고 숨어든 거지? 악마."

태령의 황금안에 분노가 스며들었다.

동시에 요동치는 살기들.

[끼에에에엑!]

불시에 습격을 받은 무언가가 소름 끼치는 비명을 질렀다.

그러나 태령은 눈 하나 깜짝하지 않았다.

이미 방음을 위해서 마력의 막을 쳐 두었다.

지선과 지희가 악마의 비명에 단잠을 깰 일은 없을 것이다.

"죽여 버리겠다. 갈가리 찢어서 고통 속에서 죽여 버리겠다!"

분노한 태령의 이성이 끊어진 듯이 마력들이 길길이 날뛰었다.

"태령아! 진정해!"

종혁은 신의 아들이라는 위명에 걸맞게 온몸에 신성력을 둘러싸고는 태령의 마력에 저항하기 시작했다.

파지지직!

신성력과 마력의 충돌이 일자 스파크가 생겨 주변 물건들을 부수기 시작했다.

그러나 그럼에도 불구하고 태령의 마력은 기세를 꺾지 않았다.

오히려 방해물을 만나자 더욱 날뛰는 태령의 마력.

진정으로 분노한 태령의 마력에 종혁의 신성력은 상대가 되지 못했다.

"크윽!"

종혁은 울컥 올라오는 뜨끈한 무언가에서 비릿한 맛을 느꼈다.

입가에 흘러내리는 선혈.

그러자 종혁의 뒤에서 검은 물체가 튀어나와 마이너스 에너지를 신성력에 더하면서 태령의 마력에 대항하기 시작했다.

원래의 마이너스적인 에너지라면 신성력에 절대 섞일 수 없겠지만 종혁의 그림자에 숨어 있던 악마의 에너지는 달랐다.

개조되어 다시 태어난 악마.

그림자 악마의 에너지는 원래 악마였던 자들의 마이너스 에너지와는 달랐다.

끈적하면서도 스며드는 기질이 있는 그림자 악마의 마이너스적인 에너지는 종혁의 신성력에 스며들면서 검은 신성력을 만들어내었고, 검은 신성력의 세기는 순간적으로 수십 배로 증폭되었다.

그렇게 증폭된 에너지는 순간적으로나마 태령의 마력에 빈틈을 만들었다.

그리고 그런 빈틈을 놓칠 리가 없는 종혁은 빠르게 파고들어 태령에게 신성력을 덧씌운 주먹을 날렸다.

빠악!

태령의 명치를 노리고 들어온 종혁의 주먹은 그대로 적중했다.

그러나 살가죽을 치는 소리가 아니었다.

마치 단단한 돌벽을 후려친 듯한 소리였다.

주먹에서 붉은 선혈이 흘러내렸다.

그러나 태령은 아무런 충격도 없었는지 그저 살기와 광기가 휘몰아치는 황금안으로 종혁을 노려보고 있을 뿐이었다.

그리고 종혁의 눈을 바라보고 나서야 태령의 이성이 돌아왔다.

종혁과 그림자 악마를 짓누르던 태령의 마력들이 일순간 사라지고 힘겨운 싸움을 했던 종혁은 그대로 바닥에 쓰러졌다.

그리고 그림자 악마는 힘겹게 종혁의 그림자 속으로 스며들었다.

정신을 차린 태령은 아무런 말도 할 수가 없었다.

방금 자신의 손으로 종혁을 죽일 뻔하지 않았던가?

종혁은 모르겠지만 태령의 명치를 노리고 종혁의 주먹이 빠르게 쇄도했을 때 이미 태령의 왼손은 종혁의 왼쪽 가슴께에 닿아 있었다.

조금만 힘을 주었다면 아마 종혁의 살갗을 파고들어 심장을 움켜쥐었을 것이다.

"죄송합니다……."

종혁은 무릎을 꿇은 태령을 간신히 고개를 들어 바라보았다.

무시무시한 마력이었다.

마치 거대한 벽을 만난 듯한 느낌.

힘겹게 벽에 등을 기대고 앉은 종혁은 새삼스러운 눈길로 태령을 바라보았다.

무릎을 꿇은 채로 고개를 숙인 태령.

방금까지 소름끼칠 정도로 짙은 살기를 피워 올리며 무시무시한 마력을 수족처럼 사용하던 사람이라고는 생각되지도 않는 모습이었다.

그런 태령을 보던 종혁은 끙차하는 소리를 내며 자리에서 일어났다.

"그림자 악마에 대해서는 크게 걱정할 필요는 없단다. 그러니 잠시 이야기를 좀 할 수 있겠니?"

조금 전까지 목숨을 위협받았던 종혁이지만 그전과 다를 바 없이 나긋나긋하고 다정한 어조와 말투였다.

아들을 보듯이 다정하고 따스한 눈빛.

태령은 죄스러운 마음에 도저히 자리에서 일어설 수가 없었지만 그래도 일어섰다.

어차피 종혁이 이야기하고자 하는 내용은 충분히 예상되었다.

그저 평범한 학생인 줄로만 알았던 학생이 어느 날 갑자기 가공할 마력을 사용하면서 나타났다.

그 어떤 누가 당황스럽지 않겠는가?

그럼에도 불구하고 여전히 자신을 따스한 눈길로 바라봐 주는 종혁이 너무나 고마웠다.

태령은 두려웠을지도 모른다.

우연히 이어진 유대의 끈이 끊어질지도 모른다는 불안감과 공포에 떨었을 것이다.

그것은 마계를 떨쳐 울린 파괴의 공작답지 않은 여린 마음이었다.

그리고 지금 종혁의 여전히 따스한 눈길과 포근한 웃음은 그런 태령의 마음에 안정을 찾아주었다.

태령은 다짐했다.

‘모든 것을 알려줄 수 있어. 아저씨라면……’

지난 80년간의 마계에서의 일들과 자신의 힘에 대해서 말할 용기가 난 것이다.

종혁을 따라 태령이 일어섰다.

그리고 지선과 지희가 잠들어 있는 방을 나섰다.

*　　*　　*

[실패? 지금 실패라고 하였는가?]

나지막한 목소리가 수정구에서 흘러나오고 있다.

그러나 나지막한 목소리에는 무지막지한 살기가 점철되어 한마디 한마디가 수정구를 들고 있는 어린아이의 온몸을 점거해 들어갔다.

삽시간에 온몸을 살기에 위협받게 된 어린아이, 사탄교의 숨겨진 장로 서열 5위 악동은 몸을 부르르 떨고 있었다.

“예상외로 미카엘라의 신성력은 강했습니다. 그리고 변수로 인해서……”

악동이 안절부절못하면서 변명을 해보지만 수정구 속 정체불명의 사람은 크게 노하며 소리쳤다.

[갈! 감히 어느 안전이라고 변명 따위나 지껄이는 겐가?

미카엘라의 신성력 따위는 이미 우리 계획에 충분히 반영되어 있던 사항이다! 그렇기에 변수를 위해서 네놈까지 투입시킨 것. 그런데 그깟 변수 하나 처리하지 못하고 패퇴하여 도망쳤단 말인가?〉

한층 더욱 거세진 살기는 악동의 온몸을 죄여오고 있었다.

그럼에도 불구하고 악동은 아무런 말도 할 수가 없었다.

아니, 생각조차 나지 않았다.

수정구 속의 사람은 자신이 아무리 변명을 하더라도 들어줄 위인이 아니었기 때문이었다.

무섭도록 완벽한 존재.

얼마나 오랜 시간을 살아왔는지 모를 사람이었다.

그럼에도 불구하고 상상을 초월하는 권능과 그 무지막지함은 사탄교의 장로들도 두려워할 정도였다.

겨우겨우 말을 내뱉는다.

"죄송합니다. 대장로……."

수정구를 향해서 고개를 숙이며 잘못을 빌었지만, 악동의 온몸을 옥죄고 있는 살기는 전혀 사그라지지 않고 있었다.

"대장로시여……."

점차 옥죄어오는 살기에 악동은 애처롭게 대장로를 불러

보았다.

하지만 종내에는 짙어진 대장로의 살기로 말미암아 이성이 흔들리는 지경에까지 이르렀다.

악동의 태도가 다급해졌다.

"하, 한 번만 더 기회를!"

미처 말을 다하지 못한 악동의 뇌리에 대장로의 살기가 침투하기 시작했다.

그 살기는 사악하기 그지없었다.

악동은 서둘러 자신의 권능을 이용해서 대장로의 살기를 막아내기 시작했다.

그러나 철벽처럼 악동을 둘러싼 악동의 권능들은 대장로의 살기 앞에서 무력했다.

삽시간에 스며들고 파괴해 버리는 대장로의 살기에 악동은 결국 내상마저 입고 말았다.

점차 절망적으로 표정이 변하며 입가에 붉은 선혈을 흘리고 있던 악동의 귓가에 대장로의 음성이 들려왔다.

[경고는 이것으로 마치도록 하지. 다른 임무를 내려주겠다. 개조된 그림자 악마를 탈환해 오라. 그리고 네놈이 말했던 변수의 죽음. 그자의 생명을 가져오라. 그것이 너의 임무이다. 이것이 마지막이 될지 아니면 그 하찮은 목숨을 이어가게 할지는 두고 봐야겠군.]

대장로의 말에 악동의 눈가에 독기가 돌았다.

조금 전까지 죽음의 바로 앞까지 갔었던지라 악동의 눈가의 독기가 더욱 진해졌다.

살고 싶었다.

같은 장로의 직위에 있지만, 무시무시한 대장로의 살기에서 벗어나고 싶어서 미쳐 버릴 것만 같았다.

악동은 서둘러 고개를 끄덕였다.

"아, 알겠습니다! 감사합니다!"

악동의 격한 반응에 대장로의 혀 차는 소리가 들리며 수정구가 빛을 잃었다.

"으윽……."

수정구가 빛을 발하지 않는 것을 확인한 악동은 그 자리에서 털썩 주저앉았다.

수정구가 있는 책상의 다리에 기대어 앉았다.

살기로 인해서 골이 지끈거린다.

그리고 온몸을 감싸고 휘돌았던 살기 덕에 몸에는 뱀이 지나간 것처럼 멍자국이 생겨났다.

마지막으로 피는 나오지 않지만 길게 베인 수십 개의 상처들.

피가 안 나온 게 이상할 정도로 길게 베어진 상처들은 죽어가고 있었다.

이 정도의 상처라면 아무리 악동이 장로라고 해도 생명
이 위험한 상황이었다.

그러나 악동은 고통으로 얼룩진 안면에서 미소를 피워내
었다.

'역시… 무시무시하구만. 대장로의 살기는…….'

그러나 자신은 지금 살아 있다.

비록 살기들이 살을 베어내고 피를 뽑아내어 피가 부족
해졌다.

하지만 그리고 그로 인해서 안면의 혈색이 하얗게 질렸
지만, 악동의 미소는 지워지지 않았다.

그 이유는 바로 마지막 대장로의 전언 때문이었다.

머릿속을 울렸던 대장로의 마지막 전언.

〈봉인 해제를 허락한다.〉

이 말을 들은 악동은 더 이상 무서울 것이 없었다.

봉인 해제는 자신에게 무한에 가까운 권능을 부여할 것
이다.

전율이 흐르는 그 힘!

악동은 온몸이 전율로 인해서 부르르 떨리는 것을 느꼈
다.

그것은 희열이었다.

지난 오랜 시간 동안 잃고 있었던 자신 본연의 힘에 대한 갈망.

공작급의 악마를 능가하는 힘.

교주에게서 하사받은 무한한 힘은 어쩌면 저 지옥의 심연에 자리 잡은 일곱의 악마왕에 비견될지도 모른다.

악동의 입가에 걸린 차가운 미소가 섬뜩한 분위기를 연출했다.

"권태령이라고 했었지? 장로의 권한으로 네거 잭 슈날드의 봉인을 해제해야겠군. 게임을 시작해 보자고."

서서히 봉인이 깨어지고 악동의 몸에서 줄기줄기 권능들이 실체화되어 뻗어져 나오고 있었다.

그리고 동시에 악동의 온몸을 난자했던 살기들의 여운이 가볍게 사라지고 상처들도 모두 사라졌다.

검게 물드는 악동의 안구.

그리고 동시에 악마와 같이 악동의 이마에 작은 뿔이 돋아나기 시작했다.

"크흐흐흐흐……."

Chapter
03

회
담

　태령에게서 모든 이야기를 들은 종혁의 안면에 충격이 가득했다.

　판타지에서나 나올법한 이야기들.

　그러나 그 주인공이 지금 눈앞에 존재하고 있었다.

　마수왕의 진전을 이어 마계의 대공위까지 올라간 절대적인 무력의 존재.

　마냥 대견하게만 생각했었던 아이가 어느새 자신으로서는 바라보기도 힘든 경지에 올라 있었다.

　"그, 그럼 네 나이가 아흔여덟 살이라는 이야기니?"

할아버지라고 해도 과언이 아닌 나이.

그러나 태령은 여전히 종혁의 기억 속에 있던 고등학생의 모습을 하고 있었다.

종혁의 나이의 두 배에 가까운 나이.

더군다나 수명이 거진 1만 년에 달한다는 것을 안 종혁은 더욱 경악했다.

"이거이거 함부로 대할 수도 없겠는데?"

장난스러운 종혁의 말에 태령은 안절부절 못했다.

"아, 아니 그건 마계에서의 일이고, 그리고 여기서는 고작해야 10일 정도만 흘렀으니까… 여기에서의 제 나이는 18살이 맞을 거예요."

태령의 말에 종혁은 장난스러운 미소를 지었다.

'지희가 조금 많이 힘들겠어. 좋아하는 오빠가 100살에 가까운 나이라니… 연상이 좋다고들 하지만 이렇게 나이가 차이가 나면 조금 곤란할지도 모르겠어.'

속으로 이런저런 생각을 하는 종혁이었다.

그러나 그것도 잠시일 뿐.

태령의 이야기에서 종혁은 다른 점을 지적했다.

"그것보다도 그럼 다시 마계라는 곳으로 돌아가야 하는 거니?"

조금 전에 마계라는 곳에 대해서 들었던 종혁의 표정이

심상치 않아졌다.

강자존의 법칙만으로 유지되는 세상.

피가 마를 날이 없고 매일같이 반복되는 암습과 암투에서 목숨을 유지하기란 죽는 것이 더 편할 정도로 괴로울 것이라 생각한 것이다.

그러나 그것은 반은 맞고 반은 틀린 말이다.

이미 그런 마계에서 80여 년을 살아온 태령이다.

어떤 의미로 본다면 마계 또한 태령에게 중요한 곳임이 틀림없다.

가장 많은 세월을 살아왔고 가장 많은 것을 경험한 곳이기도 했다.

이곳 차원에서 태령이 태어났다면 마계는 태령이 자라나고 막강한 권능과 힘을 얻은 곳이기도 했다.

그렇다 보니 정이 안 들 수가 없었고, 이곳으로 넘어와서 친구들과 지내다 보니 마계에서 마족들이나 휘하 부하 마족들과 쌓았던 유대감도 무시할 수 있는 것이 아니라는 생각이 들었다.

그래서 태령은 돌아갈 결심을 하고 있었던 것이다.

"걱정하지 않으셔도 돼요. 그곳은 저에겐 또 다른 고향이나 마찬가지니까요. 그리고 아까 말씀드린 것처럼 그곳에도 친구들처럼 소중한 제 부하들이 있습니다. 아마 제가 없으면 꽤나 곤란한 녀석들도 있을 거예요. 이곳에서의 일을 서둘러 마무리 짓고 100년 주기로 열리는 차원의 틈으로 다시 돌아갈 예정입니다.”

단호한 의지로 확고하게 말하는 태령을 본 종혁은 막을 수가 없음을 깨달았다.

“후… 그렇다면 어쩔 수 없구나.”

잠시 이어지는 침묵.

겉으로는 내색하지 않으려 해도 종혁의 머릿속은 복잡할 것이다.

원래 인간은 자신이 알지 못하거나 생각하지 못했던 것에 큰 두려움을 느낀다.

일반인들이 능력자들을 보고 느끼는 두려움도 비슷한 종류의 두려움이다.

그리고 종혁 또한 상식적으로 설명이 안 되는 태령의 설명에 난감하기는 매한가지였다.

차원이동으로 인해서 떨어진 이계.

그리고 그곳에서 그곳의 전대 왕의 힘을 얻어 살아남고 가공할 권능과 힘을 이어 받았다는 태령의 말이 사실이 아닌 것 같았다.

그러나 사실이었다.

태령의 이마에 나타나는 인장에서는 종혁으로서는 상상

도 하지 못할 법한 마력이 꿈틀거리고 있었다.

그리고 황금안으로 변할 때마다 인격이 급변했다.

난폭하고 사나워지는 태령.

특히나 태령의 눈동자가 황금안으로 변할 때면, 그 황금안에서 휘몰아치는 살기에 눈을 마주치는 것만으로도 이지를 상실하고 실성해 버릴 것만 같은 정신적 충격을 받았다.

강렬한 충격.

종혁의 또 다른 심정이었다.

태령이 가진 힘에 대한 강한 열망.

지금 종혁은 자신의 아내를 잃은 것에 상당히 큰 충격을 받은 상태였다.

다만 태령과 남은 자식들에게 그런 모습을 보이고 싶지 않기에 억지로 괜찮은 듯한 모습을 보이고 있을 뿐.

강한 힘에 대한 열망은 젊었을 적에도 있었다.

동년배의 프리스트들보다 월등한 힘을 소유하고 있었던 종혁은 철없이 천방지축으로 날뛰었다.

사탄교도들을 사냥했고 이교도들을 신의 이름 아래 소멸시켰다.

그때도 자신의 힘에 대해서 만족하지 못하고 더욱 강력한 힘을 열망했었다.

그러나 그것은 혜연을 만나서면서부터 달라졌다.

　소심하지만 사려 깊고 상냥한 그녀를 만나면서 종혁의
야생마 같은 성정이 급변하게 된 것이다.
　만족하는 것을 배웠고 자신을 스스로 달래는 것을 배웠
다.
　그렇게 배운 것으로 20여 년을 행복하게 살아왔다.
　너무나 행복했었다.
　그러나 20여 년 동안 지켜져 온 가정의 행복이 단 몇 시
간 만에 망가졌다.
　사탄교도들에 의해서 말이다.
　아내는 죽었다.
　그리고 그 이유가 자신의 무력함이라고 생각하기 시작했
다.
　그렇게 되자, 종혁은 자신조차 눈치채지 못하는 사이 강
력한 힘을 열망하기 시작했다.
　태령과 같은 막강한 권능과 상상도 하지 못할 힘을.
　자신이 그것과 같은 힘이 있었다면 혜연을 지켜낼 수가
있었을 것이라 생각한 것이다.
　종혁의 눈동자에 투지가 조금씩 솟아오른다.
　태령은 그런 종혁의 눈동자에 조금은 씁쓸한 미소를 지
었다.
　'아저씨도 많이 힘들었군요.'

　모든 것을 자신의 책임으로 돌리고 혼자서 많은 죄책감을 끌어안은 채 고통받고 있을 종혁.

　그런 상황에서도 태령이 죄책감에 고통스러워하자 본인이 나서서 태령의 죄책감을 덜어가려고 했다.

　미련하리만큼 너무나 착한 사람이었다.

　그때였다.

　덜컹.

　태령과 종혁이 있던 방의 문이 열리고 작은 꼬마가 들어와서 숨을 헐떡이며 말했다.

　"헥, 헥… 아 수장님이… 수장님이 찾는당께요."

　숨이 차는지 힘겹게 말을 이었지만 할 말은 모두 하는 꼬마였다.

　수장님이 찾는다는 말을 들은 태령이 자리에서 일어났다.

　"어디 있지?"

　태령이 자리에서 일어나 묻자 꼬맹이도 금세 숨을 돌렸는지 생생한 목소리로 대답했다.

　"수장님께서 두 분을 모셔오라 했는디… 저만 따라오시랑께!"

　구수한 사투리가 귀여운 꼬마였지만 그런 것에 신경 쓸 태령이 아니었다.

그라고 종혁 또한 그런 것에 신경 쓸 만큼 심적으로 여유가 있는 상황은 아니었다.

한의 비밀 기지 속은 생각 외로 복잡했다.

꼬마를 따라서 걷던 태령과 종혁은 한참을 걷고 나서야 어떤 방문 앞에 섰다.

"저 안에 계시니께. 후딱 들어가시랑께?"

독특한 말버릇이 있는 꼬마였다.

그렇게 꼬마가 사라지고 태령과 종혁은 안으로 들어갔다.

끼이이익.

안으로 들어서면서 태령은 환한 빛이 자신을 비추는 것을 느꼈다.

그러나 눈을 감거나 시선을 피하지는 않았다.

밖의 복도가 워낙에 어두운 탓에 급작스레 밝은 빛을 접하자 눈에 무리가 간 것이다.

그러나 태령은 고개를 숙이는 종혁과는 달리 고개를 들어 자신을 응시하고 있는 다섯 명의 사람을 바라보았다.

하나같이 인간이 지니기에는 강력한 힘들을 품고 있는 인간들.

그리고 그 가운데에는 백호상과 미카엘라도 있었다.

다섯 개의 높은 의자에 앉아 있는 백호상과 미카엘라.

그 순간 태령은 알 수 없는 분노가 치밀어 오르는 것을
느꼈다.

혜연의 죽음으로 종혁과 자신은 고통받고 있었다.

그런데 감히 원래대로라면 자신을 감히 쳐다보지도 못할
종자들 주제에 높은 곳에서 굽어보며 쳐다보는 시선이 마
음에 들지 않은 것이다.

특히나 백호상과 미카엘라를 제외한 세 명의 인간의 시
선이 곱지 않았다는 것도 한몫했다.

스산하게 퍼져 나오는 살기.

그러나 곧 갈무리되어 다시 태령의 안으로 사라져 버렸
다.

'문제를 만들고 싶지는 않다.'

혜연의 죽음으로 인해서 많이 인내심이 부족해진 상황이
었지만 태령은 어떻게든 중심을 잡을 수 있었다.

종혁 또한 안으로 들어서면서 보인 다섯 명의 초국가적
존재들을 확인하고는 이들의 행동에 태령이 분노하면 어떡
하지 하는 걱정을 했다.

태령에게 혜연의 죽음은 큰일이지만 이들에게 있어서 혜
연의 죽음은 언제 있었던 일이었으니까 말이다.

다시 말해서 이들은 그런 사실을 대수롭지 않게 여길 것
이란 말이었다.

종혁은 걱정되는 눈으로 태령을 바라보았다.

그리고 미카엘라와 백호상도 마찬가지였다.

다섯 명의 초국가적 존재들의 힘은 상상을 초월한다.

그 힘의 크기는 전 세계의 안전을 위협할 정도이고 그것을 잘 아는 국가들은 초국가적 세력들에게 대항하지 못하고 그저 놀아나고 있었다.

그럼에도 불구하고 평화가 이루어지는 이유는 바로 하나.

다섯 개의 초 국가적 세력 간의 균형이었다.

균형이 없었다면 아마 과도하게 커진 초국가적 세력이 순식간에 다른 세력들을 흡수하고 세계를 지배하는 독재자 체재를 완성할 수도 있었을 것이다.

그렇기에 백호상과 미카엘라는 이런 균형을 중요시했다.

백호상에게 중요한 것은 한이 커지는 것보다 한반도를 위협으로부터 지켜내는 것이었고, 미카엘라에게 중요했던 것은 신의 의지를 받들어 이교도들을 섬멸하는 것이었으니까 말이다.

그러나 다른 세 개의 집단은 그렇지 않았다.

먼저 아메리카 쪽에 자리를 잡은 미연합 능력자 협회.

그들은 한과 세인트 가디언 등을 비롯한 다른 나머지 세력과는 달리 굉장히 깊게 아메리카 대륙 곳곳에 깊은 뿌리를 심어둔 상황이었다.

당장 미연합 능력자 협회의 수장이 한마디를 한다면 대통령조차 갈아치워 버릴 정도였다.

막강한 발언권과 권력을 지닌 미연합 능력자 협회.

그리고 그 수장인 마커스 제이 드레인.

정신계열의 모든 초능력이 사용 가능하다는 괴물 같은 작자.

텔레포트는 기본이고 정신지배와 염력, 사이코 키네시스, 사이코 메트리, 염화력, 염빙력, 부유능력 등등 모든 것이 가능한 사람이었다.

그리고 그것을 백분 활용해서 전투를 하는 그의 모습은 마치 신이 강림한 것 같은 착각을 불러일으키고는 했다.

그리고 중국의 정천맹.

중국을 비롯해 전 세계적으로 뻗어 있는 무술들을 총체적으로 관리하며 모든 무술협회의 위에 서 있는 존재들이었다.

마나를 끌어모아 아랫배에 쌓아 신체를 단련하고 심을 강화하는 그들은 신체적인 능력만으로 엄청난 파괴력을 자랑한다.

이른바 진정한 무인들이라 불리는 사람들은 모두 정천맹에 가입해 있다고 보는 것이 맞을 것이다.

무도의 정의를 실현한다는 목적 아래 세워진 정천맹은 굉장히 거대한 영향력을 지닌 세력이었다.

그리고 그 수장인 맹룡학.

화경의 끝자락에 도달해 있다고 알려진 그는 백호상을 평생의 라이벌로 여기는 사람이었다.

평소에는 온화하고 너그러운 듯한 분위기를 풍기지만 실제로는 영활하고 권력욕이 많은 사람이었다.

그래서 백호상이 가장 꺼리는 인물 중의 하나였다.

그의 진신절기는 승룡신공.

용이 승천하는 듯한 고고한 자태를 뽐내며 무섭도록 상대를 몰아치는 그의 검술은 보는 사람으로 하여금 죽음에 대한 공포를 직면하게 했다.

마지막으로 매지션 길드.

매지션 길드는 한과 세인트 가디언과 마찬가지로 소수 정예로 이루어진 집단이었다.

연금술에서 얻은 수많은 기적을 중심으로 마법사들이 세운 길드.

연구를 목적으로 세워진 이 세력은 마법적 연구를 위해서 수많은 일을 하고는 했다.

전 세계에서 상위 1%의 천재들이 모여 있는 이곳은 전 세계의 경제를 움직이며 군림하고 있다고 해도 과언이 아니었다.

그들이 연구를 하기 위해서 필요한 자금이 천문학적인 것으로 미루어 볼 때, 이들이 경제를 움직이는 것은 어찌 보면 당연한 일이었다.

세계 경제의 흐름을 한 손에 쥐고 쥐락펴락하는 그들의 무서움을 진정으로 대단했다.

만약 매지션 길드가 마음만 먹는다면 나라 하나쯤은 우습게 파산시켜 버릴 수 있을 정도였으니까 말이다.

그런 이들 앞에 선 종혁은 미카엘라와 백호상을 제외하고 하나같이 콧대가 높은 이들을 태령이 참고 넘어갈 수 있는가가 걱정되었다.

그리고 그 걱정은 맞았다.

태령은 지금 자신을 오만하게 내려다보고 있는 세 명을 진심으로 죽이고 싶었다.

'죽이고 세력들을 내가 가지는 것도 나쁘지 않겠군. 이 정도의 인간들이라면 걸맞은 세력들을 가지고 있을 터. 한 정도의 세력 세 개를 하나로 합친다면 사탄교를 처리하는 것도 어렵지만은 않을 것이다.'

스산한 안광이 점차 황금색으로 물들어가고 있는 상황.

태령의 분위기가 심상치 않은 것을 느낀 백호상과 미카엘라는 서둘러 분위기를 바꾸려 했다.

그러나 종혁이 빨랐다.

"부르셨다고 들었습니다. 5대 기관의 수장님을 뵙습니다."

종혁이 먼저 고개를 숙이며 인사를 하자 나머지 다른 사람들의 고개를 끄덕여졌다.

"신의 아들이라 불리는 이종혁이군. 역시 대단한 신성력이야."

한눈에 종혁의 경지를 평가하는 맹룡학.

종혁의 경지가 낮은 편이 아님에도 불구하고 한눈에 그의 실력을 꿰뚫어 본 맹룡학의 경지 또한 대단한 것이다.

그는 종혁을 칭찬함으로써 자신의 경지를 모두에게 다시 한 번 각인시켰다.

"과찬이십니다."

"헌데 이 학생은 누군가? 이번에 백작급의 악마를 상대했다던 그자인가?"

여전히 오만하게 태령을 내려다보는 나머지 사람들.

태령은 아무런 말도 하지 않고 있었다.

다만 황금색으로 빛나는 눈동자로 맹룡학을 응시했을 뿐이었다.

강렬하게 휘몰아치는 살기와 광기들.

'헙!'

맹룡학은 태령의 눈동자를 마주하고 순간적인 정신적 충격에 깜짝 놀랐다.

그러나 놀란 것을 티 내지는 않았다.

빨려 들어갈 것만 같았던 황금색 눈동자였지만 맹룡학은 내기를 운용하며 충격을 해소시켰다.

"눈동자가 사기로 물들어 있군."

맹룡학은 약간은 떨리는듯한 목소리로 조용히 혼잣말을 중얼거렸다.

그러나 그런 맹룡학의 말을 이곳에서 듣지 못할 사람은 없었다.

"호오? 과연 굉장한 살기로군. 몸이 찌릿찌릿해."

매지션 길드의 수장인 길티안이 흥미로운 시선으로 태령을 응시했다.

본디 정신적인 수양을 더욱 중요시하는 매지션 길드이기에 태령의 살기 어린 시선에서 아무런 충격도 받지 않았다.

그리고 흥미를 보인 것은 매지션 길드뿐만이 아니었다.

미연합 능력자 협회의 수장인 마커스 제이 드레인 또한 흥미로운 시선으로 태령을 바라보았다.

아까부터 시험 삼아 계속해서 정신 지배를 시도해 보고 있지만 마치 막에 둘러싸인 듯이 마커스의 정신력이 태령에게 접근하지 못하고 있었다.

'대단하군!'

마커스의 눈동자에 더욱 흥미로움이 진해지고 있다.

마커스와 길티안의 시선에서 무언가를 느낀 백호상은 서둘러 화제를 바꾸었다.

"우리가 그대들을 부른 것은 다름이 아니라 이번에 있었던 사탄교도들의 습격으로 인한 진상규명을 위해서다."

여전히 묵묵부답인 태령.

그러나 시선은 길티안과 마커스를 떠나 백호상을 응시했다.

응시라기보다는 지긋이 노려보는 태령의 시선.

"무엇을 듣고 싶은 거지?"

태령의 입이 처음으로 열렸다.

진심으로 분노하고 있지만 차가운 이성으로 끓어오르는 분노를 억누르고 있는 태령의 입에서 좋은 말이 흘러나오기는 어려웠다.

"우리가 알고 있는 것은 오늘 아침 일곱 시경 현 메시아로 추정되는 한국의 학생을 노리고 사탄교도들이 습격을 감행했고 그 과정에서 제일 먼저 그대와 충돌이 있었다고 하더군. 그리고 투입된 한의 요원들과 여기 미카엘라가 빠르게 현 메시아로 추정되는 학생을 안전하게 옮기고 있었고 그대는 남아서 백작급의 악마를 상대했다고 보고되었네. 사실인가?"

마커스가 검은 선글라스를 손으로 고쳐 쓰면서 보고서를
읽고는 태령을 향해 물었다.

"사실이다."

짧은 대답에 맹룡학이 무어라 하려고 했지만 마커스와
길티안이 막았다.

"호오? 백작급의 악마를 어떻게 상대했지?"

"찢어 죽였다."

너무나 간단한 대답이었다.

안하무인으로 행동하는 태령의 태도에 맹룡학의 눈에서
불통이 뛰었지만 태령은 크게 신경 쓰지 않았다.

"이놈! 알량한 힘을 믿고 주제를 모르고!"

맹룡학이 분기탱천하여 소리를 지르자 태령의 살기가 순
식간에 회의장을 뒤덮었다.

태령과 종혁을 둘러싸고 앉아 심문을 펼치던 5대 세력들
의 수장들은 순식간에 증폭되는 살기에 기겁했다.

자신들로서도 감당이 안 되는 막강한 살기.

피부가 따갑고 정신이 혼미해지는 살기였다.

"알량한 힘? 아, 그대들이 알량한 힘을 말하는 건가? 어
이가 없군. 내가 없었으면 현 메시아로 추정되는 내 친구는
그대로 죽었을 것이다. 사탄교의 장로라는 작자와 백작급

의 악마가 나타났다. 그리고 할버드를 쓰는 철 갑옷의 기사까지. 내가 없었으면 너희는 그저 아무것도 못 하고 당했어야 했다는 말이다. 그런데 나를 심문한다고? 나에게 감사해도 모자를 판에 심문을? 저기 저자들에게 아무런 이야기를 듣지 못한 건가?”

진정으로 분노한 태령은 점차 살기를 더해가며 다섯 명의 수장을 압박했다.

말도 안 되는 무력.

압도적인 무력으로 자신들을 찍어누르는 거대한 살기에 다섯 세력의 수장은 전율했다.

마치 태산에 눌리는 듯한 압력.

그나마 백호상과 미카엘라만이 평온한 안색을 하고 태령을 말렸다.

“그, 그만하시게. 우리는 그대가 적이 아니라는 증거를 원하는 것뿐이니까.”

다급하게 백호상이 나서서 말하자 조금은 살기가 누그러졌다.

“죄송해요. 이자들은 아직 사태의 심각성을 깨닫지 못하고 있어요. 죄송해요.”

미카엘라마저 고개를 숙이며 용서를 구하자 살기는 씻은 듯이 사라졌다.

그리고 종혁 또한 태령의 진정한 힘을 본 것 같아 태령의 마력에 대한 두려움을 느꼈다.

그러나 그것도 잠시 종혁은 손바닥으로 얼굴을 문대며 빨리 두려운 감정을 지워버렸다.

'무슨 생각을 하는 거야. 이종혁! 태령이는 두려워해야 할 대상이 아니야.'

스스로 다짐하듯이 생각한 종혁은 살기의 여파 탓에 후들거리는 다리를 부여잡고 간신히 서 있었다.

"증거? 내가 적이 아니라는 증거를 말해야 하는 건가? 내가 부모님처럼 생각하던 분이 사탄교도의 손에 돌아가셨다. 그리고 현 메시아는 나의 둘도 없는 친구들이고. 백작급의 악마를 쳐 죽였고 미카엘라를 사탄교의 장로에게서 구해내었다. 궁지에 몰린 한의 요원들도 모두 내가 구해내었지. 그리고 마지막에 현 메시아의 구출도 내가 해내었다. 이 정도면 아무리 멍청해도 그런 의문은 품지 않았을 텐데 말이야."

태령이 미카엘라와 백호상을 제외한 나머지 셋을 노려보며 신랄하게 비판을 하자 길티안과 마커스, 그리고 맹룡학의 안색이 변했다.

그리고 맹룡학의 신형이 솟구쳤다.

"이노옴!"

분기탱천한 맹룡학의 검이 출수되고 빠른 손놀림으로 인해 강기 다발이 태령을 향해 쇄도했다.

자신을 향해서 빠르게 쇄도하는 강기 다발을 본 태령은 피식 웃었다.

"고작 이따위 힘으로 나를 핍박하려 든 건가? 우습군."

태령의 손끝에 마력결정이 모인다.

그리고 동시에 건틀릿으로 형태가 변하고 태령의 수도가 태령의 몸으로 날아든 강기다발을 갈라 버린다.

압도적인 기운이 맥을 자르자 허무하게 사라져 버린 맹룡학의 강기다발.

맹룡학의 표정이 급변하고 동시에 태령의 신형이 맹룡학의 시야에서 사라졌다.

턱.

"죽고 싶은가?"

자신의 입을 막은 황금색 손.

그리고 바로 옆 귓가에 생생히 들리는 태령의 위협적인 한마디.

자신의 입안으로 꾸역꾸역 밀려들어 오는 마력에 생명의 위협을 느낀 맹룡학은 겁에 질려 고개를 강하게 저었다.

쉬익 쾅!

손에 들린 맹룡학을 가볍게 집어 던진 태령은 그대로 사뿐하게 바닥에 착지하며 뒤도 돌아보지 않고 밖으로 나가 버렸다.

그리고 남겨진 여섯 명의 사람들은 순간적으로 무슨 일이 일어났었는지에 대해서 실감하지 못하며 눈을 껌뻑였다.

이어지는 침묵.

마커스와 길티안의 표정이 심상치 않아지고 자리에서 일어선 맹룡학의 전신에서는 살기가 줄기줄기 뿜어져 나오고 있었다.

"감히… 감히!"

폭발적으로 증가하는 살기에 백호상과 미카엘라만이 안절부절 못하고 있을 뿐이었다.

"죽여버리겠다!"

분노하며 길길이 날뛰는 맹룡학에게 백호상이 다가갔다.

"그만 진정하게. 솔직히 말해서 우리의 잘못이 먼저이지 않았는가? 그는 이번 일에 있어서 우리에게 아주 큰 도움을 준 사람이네. 그런 사람에게 이런 식의 푸대접은 아니었다고 생각하네."

차분히 자신들의 잘못을 인정하는 백호상의 말은 분기탱천한 맹룡학에게 더욱 큰 분노를 키워주는 꼴이 되었다.

"난 정천맹의 맹주일세! 그런데 감히 한낱 벌거숭이 동이

족 따위가 어찌 나에게 이럴 수가 있단 말인가?”

과하게 분노한 맹룡학의 말에 백호상의 안색이 굳어졌다.

그리고 동시에 맹룡학의 어깨에 올려진 손에 힘이 들어가기 시작했다.

“동이족이라… 그 말을 아버지께서 들었다면 굉장히 재밌어 하셨을 게야.”

백호상 또한 맹룡학의 말실수에 조용히 으르렁거리고는 회의실을 나가버렸다.

“이번에는 그대의 잘못이 크군요.”

미카엘라 또한 맹룡학을 바라보며 차갑게 일갈하고는 밖으로 나가 버렸다.

미카엘라가 나가자 종혁 또한 밖으로 나갔고, 그렇게 셋만 남자 길티안과 마커스 또한 밖으로 나가며 말했다.

“이번에는 경솔했던 것 같군.”

모두가 그렇게 나가자 맹룡학의 눈가에 붉은 혈광이 어리기 시작했다.

“이놈들! 이렇게 배신을 하다니!”

사실 이번 회의에서 태령을 몰아붙이며 화를 내게 한 것은 마커스와 길티안, 그리고 맹룡학의 작전이었다.

태령을 몰아붙이면서 화를 내게 하는 것이 말이다.

보고서에서 읽은 바에 따르면 백작급의 악마를 가볍게 처리할 정도로 강력한 힘과 권능을 지닌 존재라고 나와 있었다.

맹룡학과 나머지 둘은 보고서를 읽자마자 가장 먼저 태령이 한에 소속되는 것을 막아야 한다고 생각했다.

현재 균형은 아슬아슬하게 유지되고 있다.

그런 상황에서 그런 초강자가 한으로 들어가게 된다면 균형 따위는 금세 깨어지고 말 것이다.

그렇기에 작당을 하기로 한 것이다.

태령을 몰아붙여 한으로 들어갈 수 없게 만들고 중립적인 세력으로 편입시켜 버리자는 것이 바로 그들의 작전이었다.

그러나 그런 작전은 생각보다 훨씬 강력한 태령의 압도적인 무력에 의해서 무산되어 버렸다.

그들이 세운 계획은 맹룡학의 무력이 태령을 넘어선다는 가정하게 세워진 것.

평소부터 백호상을 동이족이라 부르며 비하했던 맹룡학이기에 한을 난처하게 만드는 일에 손수 나섰고, 그 결과 이렇게 비참한 꼴을 당하게 되었다.

비록 온 힘을 다한 공격은 아니었지만 저렇게 가볍게 사라질 공격은 아니었다.

그리고 자신의 시야에서 사라질 정도의 빠르기.

'확실히 경솔했군.'

어느 정도 분노가 사그라지자 맹룡학의 머리가 빠르게 회전하기 시작했다.

마커스와 길티안은 아마 상황을 봐가면서 백호상을 견제하려 했을 것이다.

그리고 자신의 경솔한 행동으로 인해서 그 견제의 대상이 정천맹이 되었을 뿐.

그리고 마지막으로 백호상이 내뱉은 발언.

맹룡학에게 있어서 가장 큰 문제는 바로 백호상이 마지막에 내뱉은 발언이었다.

백호상의 아버지.

'설마… 폐관수련 도중에 죽은 것이 아니었던가?

맹룡학은 백호상의 마지막 말에서 소름이 돋아났다.

상상도 하기 싫은 끔찍한 무력의 소유자.

마주하며 서 있는 것만으로도 절망하게 만드는 자.

맹룡학의 안색이 파랗게 질리기 시작했다.

"그 괴물이 깨어나려고 하고 있었던 거야!"

맹룡학은 백호상의 말을 다시 한 번 떠올려 보고는 확신했다.

"이러고 있을 게 아니군. 어서 알려야 해! 이대로 두면 균형이 무너진다!"

다급하게 외친 맹룡학은 그 자리에서 빠르게 사라졌다.

아마 먼저 나간 다른 두 세력의 수장들을 찾아가는 것이
리라.

맹룡학의 얼굴에 서린 다급함은 더욱 그의 발걸음을 재
촉하게 만들었고 얼마 안 가 맹룡학은 나머지 두 명의 수장
을 만날 수 있었다.

"음?"

"무슨 일인가?"

갑자기 급한 듯이 달려온 맹룡학을 길티안과 마커스가
이상하게 쳐다보았다.

그리고 직감적으로 무슨 일이 있다는 것을 깨달았다.

안 그렇다면 맹룡학과 같은 속이 좁기로 유명한 사람이
아까 그렇게 배신을 당하고도 이렇게 자신들을 찾아올 리
가 없기 때문이다.

"그가 다시 나올 거네."

맹룡학의 표정이 굳어졌다.

그리고 동시에 마커스와 길티아는 영문을 모르겠다는 제
스처를 취했다.

"투선 말일세!"

맹룡학이 급하게 소리치자 길티안과 마커스는 투선이 뭐

지 하는 반응을 보였다.

그리고 길티안은 기억이 났는지 안색이 새파랗게 질렸
다.

"투, 투선 말인가?"

"아까 동이 백가 놈이 그렇게 말하더군."

"큰일 났구나."

길티안이 한숨을 푹 내쉬면서 암담해하자 마커스는 투선
이라는 존재에 대해서 궁금해졌다.

"자네는 투선을 모르는가?"

"모를 만하지……. 그분이 폐관수련에 들어간 지 벌써
300년이 넘었으니까."

길티안의 말에 그제야 마커스의 눈동자가 커졌다.

"300년?"

"그렇네. 한이라는 곳을 처음으로 만든 사람이기도 한 사
람이지."

"사람? 요괴나 몬스터가 아니라?"

300년이라는 말에 마커스는 동양의 요괴나 서양의 몬스
터를 생각했었나 보다.

하지만 길티안은 고개를 저었다.

"인간일세. 순수하게 인간으로서 데미갓의 경지까지 올
라간 괴물 같은……."

“오, 마이 갓…….”

그제야 마커스도 사태의 심각성을 깨달았는지 걱정 어린 표정을 지었다.

데미갓의 경지에 이른 초인이 한 세력을 지지하고 나선다면 나머지 네 개의 세력은 아마 한의 밑으로 취급될지도 모른다.

그렇게 균형은 무너질 것이다.

길티안과 마커스, 맹룡학의 눈빛이 서로를 스쳤다.

“일단은 그 괴물 같은 데미갓이 나오면 우리는 동맹을 맺기로 하지.”

제일 먼저 동맹을 신청한 것은 마커스였다.

그리고 길티안이 동의하고 나섰다.

“나도 동의하네. 우리 세 개의 세력이 모인다면 아무리 데미갓이라고 해도 함부로 행동하지는 못할 걸세.”

마커스와 길티안의 시선이 맹룡학을 향하고 맹룡학은 내키지 않는 듯이 행동했다.

이미 한 번 자신을 배신한 두 명이었기에 믿기가 힘들었던 것이다.

“아까의 일보다는 앞으로의 일이 더 중요하다는 걸 모르는 건가?”

길티안이 맹룡학에게 나지막이 꾸짖듯이 말했다.

맹룡학은 솔직한 맘으론 동맹을 맺고 싶지 않았다.

하지만 예상외로 자신들이 이들을 이용한다면 큰 이익을 낼 수 있을 것이라 생각하고는 길티안의 손을 맞잡았다.

"동맹을 맺도록 하지."

잠정적인 동맹 협약이 그렇게 체결되었다.

Chapter
04

베히모스의 충고

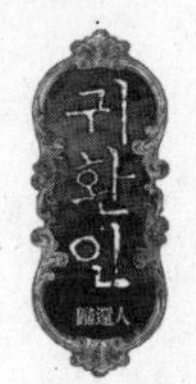

　태령과 종혁이 다섯 초국가적 세력의 수장과 회담 아닌 회담을 하고 있을 때였다.

　고요하게 잠이 든 공간.

　지희와 지선이 잠들어 있는 비밀 공간에 부스럭거리는 소리가 났다.

　바람조차 통하지 않는 비밀 밀실이었지만 작은 책상에 올려진 촛불 하나만이 그곳을 밝히고 있었다.

　그리고 비밀 밀실의 정가운데에 위치한 꽤나 큰 침대.

　비밀 밀실의 탁한 공기와 색깔들에 전혀 어울리지 않는

고급스러운 침대에서 여학생과 남학생이 잠을 자고 있다.

아니, 이제는 여학생만이 곤히 새근새근거리며 잠을 자고 있었다.

부스럭거리는 소리를 내며 일어난 건 지선이었다.

태령과 종혁이 나가고 지선은 복잡한 심경을 여실히 보여주는 얼굴로 자리에서 일어났다.

사실대로라면 지선은 이미 오래전에 깨어 있었다고 해도 과언이 아니었다.

지선은 태령과 네거 잭 슈날드가 격돌하는 순간부터 깨어 있었다.

말도 안 되는 상황.

사방에서 몰아치는 보랏빛의 바람이 생전 처음 보는 성당을 완전히 폐허로 만들어 버리며 난동을 부리고 있었고, 그 난폭한 바람은 태령의 몸에서 줄기줄기 흘러나오고 있었다.

그리고 태령의 앞에 서 있는 괴물.

온몸을 빈틈도 없는 철제 갑옷을 입은 사람은 헬름의 텅 빈 눈가에서 붉은 혈광을 빛내고 있었다.

마치 로봇과 같은 사람.

그리고 그 철제 갑옷을 입은 사람이 들고 있던 핼버드에서는 붉은 선혈이 뚝뚝 흘러내리고 있었다.

　지선은 그런 상황 속에서도 태령이 다친 것은 아닌지 걱정하며 태령을 실눈을 뜨고 바라보았다.

　하지만 다친 곳은 없었다.

　그리고 지선은 시선을 돌려 예수님의 십자가가 있는 단상 바로 아래 고요하게 잠들어 있는 어머니를 발견했다.

　복부에서는 한 움큼씩 붉은 선혈이 흘러내리고 있었다.

　거대한 무언가가 관통한 듯한 모습.

　그러나 그런 중한 상처를 입고도 잠들어 있는 어머니의 표정은 고통스러워 보이지 않았다.

　오히려 편하고 안심한 듯한 미소마저 짓고 있었다.

　그때였다.

　한참 얼이 빠져서 멍하니 자신의 어머니를 바라보고 있던 지선의 귓가에 들린 태령의 다짐.

　"결코, 쉽게 소멸시키진 않겠다."

　사방을 휘몰아치는 보라색의 바람은 지선이나 지희에게 전혀 피해를 끼치지 않고 있었다.

　그리고 그 영향력에서 벗어난 것은 혜연도 마찬가지였다.

　"이제부터 널 최대한 고통스럽게 죽일 것이다. 그리고 사탄교를 세상에서 지울 것이다.”

진한 감정이 느껴지는 목소리였다.

단지 듣는 것만으로도 눈물이 차올랐다.

지선은 뿌옇게 흐려지는 시야에 서둘러 눈물을 닦았다.

2미터가 넘는 거구의 괴물 같은 기사 앞에 선 태령의 뒷모습에서 거대한 무언가가 느껴진다.

참을 수 없는 분노와 그 끝을 알 수가 없는 슬픔.

지선도 분노가 치밀었다.

지금 상황이 전혀 이해가 되지 않는다.

평소와 같이 등교를 하고 있었다.

그리고 하얀 안개를 보고 정신을 잃었고 정신을 차려보니 꿈과 같은 상황이 펼쳐지고 있다.

어머니는 차가운 시신이 되어 있었고 소중한 자신의 친구는 괴상한 힘을 쓰면서 분노하고 있다.

도대체 이 상황은 무엇이란 말인가?

전혀 이해가 되지 않는 상황.

그럼에도 불구하고 지선은 참을 수가 없었다.

눈물은 계속해서 흘러내렸고 분은 삭여지지 않았다.

주먹을 쥔 지선의 손에 눈물이 기어코 한 방울이 떨어졌다.

먼지 하나도 묻지 않은 자신과 지희.

지선은 상상도 해본 적이 없었던 이 상황이 받아들여지지 않았다.

그저 꿈이길 원했다.

잠에서 깨어 일어났을 때 그저 안 좋은 꿈을 꾸었다고 말하며 친구들과 웃고 싶었다.

그러나 꿈이 아니었다.

꿈이라기에는 너무나 생생한 모습들.

전혀 와 닿지 않는 현실감에 얼이 빠져 있던 지선은 어느 순간 들리는 굉음에 퍼뜩 정신을 차렸다.

그리고 굉음이 들린 곳으로 시선을 돌렸을 때 지선의 눈동자에는 경악이 깃들어졌다.

교회의 한쪽 벽면에 생성된 큰 구멍.

그리고 그 구멍 너머로 보이는 태령의 모습과 점점 아래로 처박히고 있는 철제 갑옷을 입은 사람.

아무런 말도 없이 주먹질만을 계속하는 태령과 주먹질이 이어질 때마다 울리는 진동.

그리고 이내 지선은 태령의 모습으로부터 이질감을 느꼈다.

평소라면 전혀 상상도 하지 못했을 태령의 모습.

한 마리의 맹수가 되어 철저하게 파괴하는 모습은 지선에게 충격이 되었다.

한 치의 인정조차 담기지 않은 주먹질.

"태령아……."

지선이 깨어난 이후 처음으로 입이 열렸다.

자신의 가장 절친한 친구이자 가족을 제외하고 가장 믿을 수 있는 친구.

그런 친구는 지금 짐승이 되어 익숙한 듯이 파괴 행위를 하고 있다.

일말의 망설임도 없이 철저하게 상대를 파괴하는 태령의 모습과, 같이 웃고 떠들며 소소한 일상 이야기를 하던 태령.

그 괴리감은 지선에게 있어서 크게 다가왔다.

그리고 어머니의 죽음.

이 모든 상황이 지선에게는 너무나 버거웠다.

옆에 새근새근 잠들어 있는 지희의 모습을 보자 다시 눈물이 울컥 쏟아져 나온다.

어째서 눈물이 흐르는지는 잘 모르겠다.

다만 눈물이 나오기에 흘리고 있을 뿐.

상황은 금방 끝났다.

태령이 다시 이곳으로 돌아왔고 지선은 다시 기절한 척을 하며 누웠다.

곧이어 도착한 수많은 사람들.

그렇게 지선의 기억은 마무리 되었다.

"지희야… 어떡해야 하니……."

지선은 도저히 어떻게 해야 할지 갈피를 잡을 수가 없었다.

그저 도망가고 싶었다.

도망가고 싶은 감정은 방금 자신의 아버지인 종혁과 태령이 격돌하면서 더욱 커졌다.

자신을 제외하고 모두 이상한 힘을 가지고 있었다.

일반인이라면 상상도 할 수가 없는 힘.

그런 사람들이 주변에 가득하다.

그리고 그 속에서 지선은 고독감까지 느끼고 있었다.

모든 게 혼란스럽다.

피하고만 싶다.

그리고 태령이 다시 돌아왔다.

끼이익.

문을 열고 침울한 표정으로 돌아온 태령은 자리에서 일어나 자신을 바라보는 지선을 바라보았다.

"지선아……."

놀라서 자신을 부르는 태령의 말에도 지선은 그저 조용히 있을 뿐 대답은 하지 않았다.

"지선아……."

다시 한 번 태령이 지선을 부른다.

그러나 어조는 달라져 있었다.

처음의 어조는 놀란 감정이, 뒤의 어조는 뭔가 많은 감정들이 섞여서 가슴을 찌르르하게 울렸다.

하지만 이번에도 지선은 대답하지 않았다.

태령은 아무런 말도 없이 지선을 바라보며 그저 가만히 서 있었다.

"미안하다."

태령은 자신이 해야 하는 말, 그리고 하고 싶은 말을 한 문장으로 압축해서 말했다.

다른 미사여구는 필요 없었다.

다만 자신에게 허락된 말은 이것뿐이라고 생각했다.

'왜냐면… 지키지 못했으니까……'

태령은 그저 서 있었다.

그리고 태령의 뒤에 미카엘라와 이종혁이 다가왔다.

미카엘라는 문가에 서서 안으로 들어가지 못하고 있는 태령을 보고 의아하게 생각했다.

그리고 태령의 너머로 이지적으로 생긴 한국의 학생이 정신을 차리고 일어나 있음을 깨달았다.

미카엘라도 태령이 얼마나 저 아이들을 소중히 생각하는지 잘 알고 있다.

사탄교의 손에서 저 아이들을 구출해낸 것이 바로 태령이었으니까 말이다.

저 아이들을 구하기 위해서 백작급의 악마와 단신으로 격돌하기까지 한 사람이다.

미카엘라는 아무런 말도 없이 다시 몸을 돌려 어두운 복도를 걸어 사라졌다.

이곳은 미카엘라가 있을 곳이 아니라고 생각했기 때문이다.

그리고 종혁은 바닥만을 바라보며 서 있는 태령의 어깨에 손을 올렸다.

"잠깐 나가 있어주겠니? 지선이나 지희도 사실을 알아야 할 테니까."

종혁이 말한 사실은 혜연의 죽음일 것이다.

태령의 어깨가 파르르 떨렸다.

그리고 힘겹게 입이 열렸다.

"알… 겠습니다."

더 이상 아무런 말도 하지 않고 태령은 다시 조용히 문을 닫고 밖으로 나갔다.

그제야 지선의 시선이 종혁을 향한다.

"지선아……."

종혁의 어조가 태령의 어조와 똑같다.

복잡한 심경과 혼란스러운 마음이 그대로 투영된 어투.

지선의 눈가에 눈물이 차오르기 시작했다.

"미안하구나……."

이어진 종혁의 말은 결국 지선의 눈가에 맺힌 눈물을 흘러내리게 만들었다.

*　　*　　*

어두운 복도를 걷던 태령은 도중에 바닥에 주저앉으며 벽에 기대었다.

"후……."

깊은 한숨이 흘러나온다.

그러나 마음속의 무거운 감정은 전혀 덜어지지 않았다.

다만 한없이 무겁게 느껴질 뿐.

[괴로운가?]

나지막이 울리는 음성이 태령의 머릿속에 울려 퍼진다.

베히모스였다.

태령의 정신세계 심연의 끝자락에 갇혀 버린 맹수.

상처를 간직하고 봉인되어 버린 맹수였지만 지금은 태령에게 있어서 또 다른 멘토이기도 한 존재.

'그렇습니다.'

솔직하게 이야기했다.

태령이 느끼는 감정들은 모두 베히모스도 그대로 느낀다.

거짓은 통하지 않았다.

[이곳으로 넘어온 이후로 짧은 시간 사이에 많은 일이 생기는구나.]

태령은 베히모스의 말에 조금은 놀랐다.

예전이라면 호통부터 치고 나올 베히모스였다.

자신의 못다 이룬 꿈인 마황의 위까지 태령을 올리기 위해서 끊임없이 채찍질을 가하던 존재가 바로 베히모스였다.

그래서인지 이곳으로 넘어왔을 때도 자신을 탐탁지 않아 했다.

자신의 전인으로서 태령이 언제나 군림하기를 바랐던 베히모스였기에 조금 전의 발언은 새로운 충격이었다.

하지만 태령은 모를 것이다.

태령이 이곳으로 넘어와서 겪은 모든 감정들.

소중한 이가 위험에 처했을 때 태령이 느낀 감정을 모두 베히모스도 느낀다는 것을 말이다.

그저 태령의 심리 상태만을 알고 있을 것이라 생각했었던 태령은 변한 베히모스의 말에 조금은 당황했다.

[하지만 흔들려서는 안 되느니라.]

베히모스의 목소리에 위엄이 어린다.

태령은 아무런 말도 하지 않았다.

딱히 할 말이 없는 것도 이유였지만 베히모스의 말에서 느껴지는 것이 있었기 때문이었다.

모든 마수의 정상에서 군림하던 존재의 고독.

아래의 마수들을 굽어보지만 동등한 위치의 존재가 없기에 느끼는 고독과 외로움.

베히모스는 그런 고독과 외로움을 느끼지 않기 위해서 피를 탐했다.

피를 탐했고 파괴를 즐겼다.

파괴로부터 느껴지는 희열은 잠시나마 혼자라는 사실을 잊게 해주었다.

그렇게 베히모스는 고독으로부터 오는 고통을 이겨내었다.

그리고 지금 태령을 보니, 자신이 흔들리기 시작했을 때의 모습이 떠올랐다.

생전 처음 느껴보는 고통.

자신이 느꼈던 절대자의 고독과는 다른 종류의 고통이었지만 그 깊이는 비등했다.

태령이 겪은 심장이 그대로 썰려 나가는 듯한 고통.

온몸에서 피가 쭉 빠져 버리는 듯한 고통.

베히모스는 새삼 인간이라는 종족에 대해서 다시 생각했다.

영혼의 연결보다도 견고한 유대감을 이어 서로서로 지키는 이상한 종족.

그저 하찮은 미물로만 보던 인간이라는 종족에 대한 베히모스의 감상평이었다.

그리고 지금 베히모스는 태령의 마음을 채찍질해서는 안 된다고 생각했다.

[모든 힘에는 책임이 따르는 법. 네가 나의 막대한 권능을 가지고도 지켜내지 못한 데에서 오는 고통은 힘을 가진 자의 당연한 숙명과도 같은 것. 고통스러운 것이 당연할 것이며 벗어나고 싶은 것이 당연할 것이니라. 그러나 도망쳐서도 아니 되며 시선을 돌려서도 아니 되느니라. 직면하고 부수고 앞으로 걸어나가야 한다.]

베히모스가 처음으로 태령에게 해주는 조언이었다.

자신이 휘하 마족들에게 배신을 당하고 영원에 가까운 시간 동안을 봉인석에 갇히며 얻은 깨달음이기도 했다.

평소라면 깨달아도 높은 자존심과 난폭한 성정 때문에 무시했을 깨달음이었지만 태령이 인간으로서 겪는 감정들이 베히모스에게 흘러들어오면서 베히모스는 자신도 모르게 변하고 있었던 것이다.

태령은 아무런 말도 할 수가 없었다.

'힘을 가진 자의 숙명…….'

베히모스가 한 말에서 태령은 많은 것을 깨달았다.

가진 것에 따르는 응당한 책임.

그것에는 책임지지 못한 것에 대해서 느끼는 죄책감, 고통마저도 힘에 대한 응당한 책임이라는 뜻이 내포되어 있었다.

그렇기에 지금 태령이 느끼는 고통은 당연하다.

그래서 고통에 멈춰서는 안 된다.

고난이 있더라도 도망치지 않고 회피하지 않는다.

도전하고 부수며 앞으로 나아간다.

아직 태령에게는 지켜야 할 소중한 존재들이 존재한다.

이렇게 멈춰 있을 이유는 없다.

혜연마저도 태령에게 지선과 지희를 부탁하지 않았던가.

베히모스의 말에 태령은 큰 깨달음을 얻었다.

평소에 베히모스의 채찍질로 인해서 억지로 다잡던 마음과는 달랐다.

맑고 또렷해지는 태령의 눈동자.

끊임없이 흔들리고 탁해져 있던 태령의 눈동자가 맑아졌다.

그리고 동시에 혼탁했던 머릿속이 깔끔히 정리되었다.

갈피를 못 잡고 갈팡질팡하던 태령의 마음이 확실히 정해졌다.

어떻게 해야 할지는 이미 정해져 있었다.

다만 직면하는 것이 무서워 고개를 돌리고 있었을 뿐이다.

태령은 무엇을 해야 하는지 잘 알고 있다.

그리고 그것을 행하기 위해서 필요한 용기 또한 가지고 있었다.

자리에서 일어선 태령의 발걸음이 지선과 지희가 잠들어 있던 방으로 향했다.

[클클클… 애송이 때문에 내가 변하기 시작했구나…….]

다시 철창 속의 얌전한 맹수로 돌아간 베히모스의 자조적인 웃음이 울려 퍼진다.

붉게 물든 안광이 서서히 감기고 앞발에 턱을 파묻은 베히모스는 다시 잠들기 시작했다.

베히모스의 입가에는 작은 미소가 걸려 있었다.

Chapter
05

역
습

　방 안으로 들어선 태령은 여전히 침묵만을 고수하는 분위기에 씁쓸한 미소를 지었다.

　하지만 결정에 따른 후회는 없었다.

　자신이 해야 할 일이었기에 후회 따위의 감정은 가지지 않았다.

　"지선아. 힘드냐."

　태령이 담담한 어조로 지선을 불렀다.

　지선의 시선이 태령을 향했다.

　"많이 힘들 거라고 생각해. 현실이 와 닿지도 않을 테지.

이해도 안 될 테고, 이해하고 싶지도 않겠지. 아침까지 마주보고 웃었던, 평범한 목사님이라고 생각했던 아버지가 신성력이라는 힘을 사용하고 사랑했던 어머니께서 돌아가셨으니까."

태령의 말은 거침이 없었다.

한 마디 한 마디가 지선의 가슴에 비수가 되어 꽂혔다.

지금 이렇게 말하면서도 태령은 불안했다.

지선이 현실을 감당하고 순응하며 이겨낼 수 있을 것인가?

그러나 그런 불안도 잠시 태령은 마저 이야기를 이어나갔다.

"앞으로 무엇을 어떻게 해야 할지 갈피도 잡히지 않겠지. 모든 상황을 피하고 도망가고 싶을 거야."

다시 한 번 태령의 한마디 한마디가 비수가 되어 지선의 마음을 후빈다.

도저히 참을 수 없는 고통이었다.

태령이 한마디 한마디 할수록 꿈이라고 치부해 버리고 싶었던 일들이 현실이 되어 다가온다.

태령의 입을 멈추고 싶다.

"닥쳐."

나지막이 지선의 욕지거리가 들린다.

하지만 태령은 아랑곳하지 않았다.

"부모님이 돌아가셔서 슬프냐? 어머니가 눈앞에서 돌아가시고 말도 안 되는 일들이 눈앞에서 펼쳐지니 겁이 나고 무서웠냐? 그래서 선택한 게 모른 척하는 거냐?"

비꼬는 듯한 태령의 말에 종혁이 태령을 말렸다.

"그만해라. 지선이도 많이 힘들 거야. 혼자 두도록 하자 태령아."

종혁이 태령을 말렸지만 태령은 전혀 멈추지 않았다.

"고작 구경한 것만으로 그따위 마음이나 처먹은 거냐? 이제 보니 순 겁쟁이 새끼구나."

신랄하게 비꼬는 태령의 말에 지선은 결국 참지 못하고 태령의 얼굴을 향해서 주먹을 날렸다.

너무나 느리게 휘둘러지는 지선의 주먹에 태령은 아무런 대처도 하지 않고 그대로 맞아주었다.

"닥치라고 이 새끼야."

으르렁거리며 말하는 지선이에게서 미약하게나마 살기가 느껴진다.

하지만 태령은 그런 미약한 살기 따위 전혀 신경도 쓰지 않았다.

"이게 친 거냐? 치려면 이렇게 쳐."

태령의 주먹에 마력이 감돌기 시작하고 지선의 주먹이

꽂혔던 오른뺨의 반대쪽인 왼쪽 뺨을 강하게 후려쳤다.

피륙으로 이루어진 주먹과 볼이 부딪혔다고 생각되지 않는 충격파가 울리고 굉음이 울린다.

콰앙!

주륵.

태령의 입가에서 새빨간 피가 흘러내린다.

그리고 동시에 다시 한 번 왼쪽 뺨을 후려친다.

콰앙!

주르륵.

더 많은 선혈이 흘러내린다.

연달아 터지는 굉음과 충격파에 지선은 당황했다.

평범한 사람이라면 머리통이 터져 버렸을 파워와 충격이었을 것이다.

종혁 또한 태령의 주먹에 실린 가공할 마력들을 눈치채고 깜짝 놀랐다.

그러나 정작 당사자인 태령은 무심한 눈동자로 지선을 바라보았다.

"아프냐? 힘드냐?"

무심하게 물어보는 태령의 말에 지선은 아무런 말도 할 수가 없었다.

태령이 하고 싶어 하는 말은 이미 알고 있다.

"너만 괴로운 게 아냐. 종혁 아저씨는 사랑하는 사람을 잃었고 나는 그 누구보다 소중하게 생각했던 사람을 잃었다. 그것도 눈앞에서 너희를 나에게 부탁하고 돌아가셨어. 너희를 지켜달라고 말이야."

태령의 입에서 흘러나오는 말에는 전혀 고저가 없었다.

다만 태령의 진심만이 확연히 느껴지고 있을 뿐이었다.

"아주머니는 너희를 믿으셨어. 견뎌낼 것이라고 생각하셨고 믿으셨어. 그래서 그렇게 편안한 미소를 지으며 돌아가셨겠지. 난 너희를, 나에게 소중한 사람들을 지킬 거야. 그 어떤 방해가 있다고 해도 피하지 않고 도망가지 않을 거라고. 부수고 앞으로 나갈 거야. 잃은 것으로 힘들어하며 주저앉기에는 내가 지켜야 할 사람들이 아직 많이 있으니까."

마지막까지 말한 태령은 지희를 바라보았다.

곤히 잠들어 있는 지희.

그런 태령의 시선을 따라 지선의 시선도 지희를 향한다.

더없이 편안한 모습으로 잠을 자고 있는 자신의 동생.

그제야 태령의 말이 마음속으로 와 닿는다.

지금 현실을 도피하고 외면하기에는 자신도 태령과 마찬가지로 지켜야 할 사람이 있다.

"이제 알겠냐?"

　다소 퉁명스러운 태령의 말이었지만 입가에는 작은 미소가 걸려 있었다.
　그리고 지선의 입가에도 작은 미소가 걸린다.
　"이제 알겠다."
　지선도 퉁명스럽게, 하지만 약간은 태령에게 미안한 듯이 말했다.
　"알겠으면 정신 차려라. 얼빵하게 멍때리고 있지 말고."
　지선이 태령에게 미안한 듯이 서 있자 태령이 장난스러운 말을 하며 분위기를 풀었다.
　그제야 지선도 마음을 놓은 듯이 피식 웃었다.
　그리고 그런 둘을 보면서 종혁도 기분 좋은 미소를 지었다.
　'역시 태령이구나. 괜히 100살이나 먹은 게 아니야.'
　겉으로 내뱉을 말이 아니기에 속으로 중얼거린 종혁은 만족한 미소를 지었다.
　그리고 잠시 후 태령과 종혁, 그리고 지선은 백호상과 미카엘라를 만나고 있었다.
　태령의 주장으로 종혁은 백호상과 미카엘라를 지선에게 소개하기로 한 것이다.
　지선도 지희를 지켜야 하는 입장이다.
　오빠로서의 의무니까 말이다.

지선도 당연하다는 반응을 하면서 수긍했다.

그리고 그런 지선의 반응에 종혁은 아들이 어느새 이렇게 컸나 하며 기분 좋게 웃었다.

처음에 백호상과 미카엘라는 지선을 만나면서 조심스럽게 대화를 했다.

자신들의 행동에 지선이 기분 나빠하지 않기를 바라면서 말이다.

그러나 금세 백호상은 특유의 호탕한 성격으로 지선을 대했고 미카엘라도 다소 누그러진 태도로 편하게 지선을 대하고 있었다.

그 이유는 태령에게 있었다.

드디어 태령이 밝힌 것이다.

지선이 현 메시아가 아니라고 말이다.

현 메시아는 지희라고 밝히자 종혁과 백호상, 그리고 미카엘라는 깜짝 놀랐었다.

곧이어 태령의 설명이 이어지자 나머지 사람들도 다 태령의 말에 동의했다.

확실히 그럴 수도 있었기 때문이었다.

바로 미카엘라가 직접 나서서 지선의 몸을 살피고는 신성력의 흔적만이 남았다는 것을 알고는 허탈해하기도 했다.

또 한편으로는 안심이 되기도 했다.

적들은 지금 메시아가 누구인지 모르고 있기 때문이었
다.

"이 사실은 우리 측에 굉장히 큰 이득이 될 겁니다."

미카엘라가 약간은 들뜬 듯한 어조로 말하자 태령은 들
뜬 것 같은 미카엘라의 기분에 초를 쳤다.

"그렇다고 볼 수 없습니다."

종혁과 지선이 미카엘라와 백호상에게 존댓말을 쓰자 태
령도 어쩔 수 없이 존댓말로 대화를 하고 있었다.

"어째서 그렇죠?"

"사탄교에서 지선이를 메시아라고 생각하고 있는 건 큰
도움이 되기는 할 테지만 그건 어디까지나 지선이가 메시
아로서 위장할 마음이 있을 때입니다."

그리고 태령은 잠시 말을 끊었다.

종혁의 얼굴에 그림자가 드리워졌다.

사랑하는 두 자식 중에서 한 명만을 희생시킬 수는 없는
노릇이다.

그렇기에 더욱 종혁은 답답해졌다.

그러나 이어 들리는 태령의 말은 종혁에게 희망을 주었
다.

"지선이가 그럴 마음이 있다고 해도 제가 반대할 겁니다.

다행히 제게 유용한 도구가 있으니 그것으로 다른 사람을
위장시키는 것이 더 안전할 겁니다."

태령이 진지하게 말하면서 손을 허공으로 뻗었다.

그리고 동시에 검은 아공간의 입구가 모습을 드러내고
백호상과 미카엘라가 경악했다.

"설마?"

"아공간인가요?"

손에서 작은 반지를 꺼낸 태령은 아무렇지도 않은 듯이
대답했다.

"그렇습니다만?"

"세상에!"

"말도 안 돼……."

미카엘라와 백호상은 입이 떡 벌어진 채 다물 줄도 모르
고 있었다.

"왜 그러시죠?"

정작 태령은 아무렇지도 않은 듯했다.

그리고 종혁 또한 태령의 아공간에 경악한 듯했다.

그러나 지선만은 별다른 감흥이 없었다.

아무런 능력도 없는 지선으로선 이곳에 있는 사람들의
능력이나 아공간이나 비슷하게 보일 뿐이었으니까 말이다.

"아, 아닙니다."

"아닐세."

태령이 영문을 모르겠다는 듯이 말하자 미카엘라와 백호 상은 그저 얼버무렸다.

사실 아무리 능력의 종류가 많다고 하지만 공간 계열의 능력은 희귀했다.

전 세계의 수십억 인구 중에서도 희박한 확률로 능력자가 태어난다.

그리고 그런 능력자들 중에서도 천문학적인 확률로 공간 계열의 능력자가 태어난다.

마지막 공간 계열의 능력자가 출현한 것이 600년 전이라고 알려져 있으니 아공간이라는 것이 얼마나 희귀한지 잘 알게 해주었다.

물론 텔레포트도 어떻게 본다면 공간 계열의 능력으로 볼 수도 있지만 보편적으로 공간 계열의 능력보다는 이동 계열의 능력으로 보는 사람이 많았다.

태령이 지닌 아공간을 제외하면 전 세계에 아공간이 딱 하나 있다.

매지션 길드에 전승되고 있는 아공간이었다.

태령의 아공간이 방 하나 크기라면 매지션 길드의 아공간은 그저 큰 서랍 정도의 넓이일 뿐이었다.

물론 그것만으로도 큰 도움이 되기는 한다.

그러나 아공간을 만드는 것이 얼마나 위험하고 수준이 높은 작업인지 아는 미카엘라와 백호상, 그리고 종혁은 아공간을 태연히 여는 태령에게 질렸다.

태령은 손에 들린 반지를 앞으로 내밀어 미카엘라에게 쥐어주었다.

"폴리모프 마법이 걸려 있는 매직 아이템입니다. 시전어를 외치는 것만으로도 일주일 정도 모습을 변화·유지시켜 주는 꽤 쓸 만한 아이템이죠."

"……."

"……."

태령의 말에 미카엘라와 백호상이 꿀 먹은 벙어리가 되었다.

마음 같아서는 당장에 이걸 만든 존재를 물어보고 싶지만 들어봐야 모를 것 같기에 그저 참을 뿐이었다.

"이걸로 미카엘라 씨가 폴리모프한 채로 사탄교도들의 시선을 돌리시고 제가 매복해 있다가 급습하는 것으로 하죠. 물론 대비를 철저히 하고 저쪽의 정예들을 노려야 합니다. 개인적으로 그 장로가 다시 올 것 같군요. 이번에 그들은 작전이 실패하면서 많은 출혈을 감수했습니다. 그럼에도 불구하고 작전이 실패했기 때문에 아마 독이 올랐을 겁니다. 장로라고 했던 그 꼬맹이와 정예 멤버가 분명히 다시 올 겁니다. 그때 일망타진하도록 하죠."

제법 튼튼한 계획이다.

딱히 허점을 찾기도 어려운 계획이었기에 나머지 인원들은 다른 말도 없이 그렇게 하기로 했고 미카엘라는 왼손 약지 반지를 끼웠다.

'다행히 마력으로 구동되는 마법진이 아닌 아이템이 있었군. 이게 드래곤 로드가 만든 아이템이었던가?'

딱히 신경 쓰고 있던 존재가 아닌지라 태령은 그저 그런가 보다 하고 넘어갔다.

그러나 그 반지를 받아 든 미카엘라는 왠지 반지를 빼고 싶지 않은 듯 주먹을 꼭 쥐었다.

Chapter
06
진화된 케리마와 다시 불붙는 대립

어둡고 습한 공간.

오래전에나 쓰였을 법한 창고의 안에서 꿈틀대는 한 생명체가 있다.

도저히 사람이 있을 법한 곳이 아니라고 여겨지는 이 창고에는 사람의 손길이 닿은 지 몇 년은 지났는지 곳곳에 오래전 히트했던 과자봉지들이 어지러이 널려 있었다.

몇몇 불량학생들이 아지트로 삼았던 흔적으로 소주병과 컵라면 용기들이 아무렇게나 버려져 있었다.

게다가 여름철 장마에 흘러들어온 빗물은 그대로 고여

썩어가고 있었고 그때문에 악취가 진동했다.

그리고 구석마다 쌓인 폐품들.

그 위에는 버려진 창고의 세월을 말해주는 듯이 먼지가 한가득 쌓여 있었다.

누가 들어와도 인상을 찡그리며 욕설을 내뱉고는 나가버릴 만한 공간이었지만 지금 축축한 바닥에서 꿈틀대는 이 생명체에게는 더할 나위 없이 좋은 환경이었다.

갓 태어난 아기처럼 보이는 생명체.

온몸이 붉고 피부는 쭈글쭈글하다.

눈조차 제대로 뜨지 못한 신생아였지만 왠지 모를 기분 나쁜 분위기를 풍겼다.

버려진 아기일까?

사람의 손길이 몇 년째 닿지 않은 창고에 매정하게 버려진 듯한 아기의 바로 오른쪽에는 괴상한 껍질이 까진 채 놓여 있었다.

꿈틀꿈틀.

신생아 정도나 되었을까, 자기 몸 뒤집기도 힘들어 보이던 아기가 괴상한 껍질이 있는 쪽으로 기어가기 시작했다.

말랑말랑한 피부와 함께 근력이라고는 전혀 없어 보였던 신생아였지만 몇 분이라는 짧은 시간 만에 자신의 몸을 밀어낼 정도의 근력이 생겨났다.

그리고 동시에 아이의 머리에서 조금씩 자라는 머리카락들.

눈으로도 확연히 보이는 성장이었다.

'키키킥! 성공적이었어. 드라큘라 백작의 힘은 이 정도였나? 그래… 이 정도였으니 그렇게 오만하고 자만할 수 있었겠지! 오만하고 자만했으니까 나한테 잡아먹힌 거고 말이야. 크크크킥!'

한참을 기어가던 아기의 입가에 비틀린 미소가 지어진다.

자글자글하던 피부는 어느새 탱탱하게 변해 있었고 눈도 뜨여져 있었다.

어린아이처럼 맑고 순수한 눈동자가 아닌 탁한 기운이 서려 있는 눈동자는 영활한 빛을 더해가며 안광을 내뿜었다.

어느새 어린아이 크기로 까지 자란 아기는 두 발로 서서 껍질 위로 올라갔다.

"흠… 확실히 신체적인 진화 속도는 빠르군. 하지만 이 정도로는 늦어. 완전히 성체로 다 자라기 전까지는 난 건드리기만 해도 죽는 약해빠진 생명체니까."

어느새 혀도 성장을 했는지 완벽한 발음으로 혼잣말을 중얼거린다.

“일단 껍질부터 섭취한다.”

아이는 그 자리에 나체로 주저앉아 자신의 몸뚱이만 한 껍질을 양손에 들고 게걸스럽게 뜯어먹기 시작한다.

괴상한 핏줄들이 한껏 돋아나 있던 껍질은 누가 봐도 질겨 보였으며, 식감 역시 그런 듯했다.

그러나 아이는 그런 것에 전혀 연연하지 않았다.

그저 열심히 영양분의 섭취를 위해서 자신의 식량인 껍질을 먹고 있었다.

그렇게 몇 시간이 지났을까?

몇 년 동안 잠겨 있었던 창고 문의 잠금쇠가 순식간에 부식되며 바닥으로 떨어졌다.

철컹.

오랜 시간 닫혀 있던 창고의 문이 열리고 한 남자가 걸어나왔다.

날카로운 외모와 동시에 고집스러워 보이는 입술.

날렵한 턱선과, 동시에 약간은 낮은 듯하지만 그래도 오똑한 콧대.

레드와인색의 붉은 머리칼을 한 성인 남자가 창고에서 걸어나왔다.

“하! 역시 생명의 기운이 넘실대는구만.”

한 차례 깊은 들숨을 들이쉰 남성은 바로 몇 미터 옆에서도 생명체들의 탐스러운 기운들이 무더기로 느껴지자 황홀한 듯한 표정으로 중얼거렸다.

"그보다 일단 입을 옷이 필요하겠군. 다음부터 진화할 때는 여분의 옷을 가지고 들어가야겠어."

나체인 자신의 모습을 고개를 숙여 바라본 남자는 빙긋 미소를 지으며 점차 희미하게 변하기 시작했다.

"크흐흐흐… 권태령이 기다려라. 고혁패와 케리마가 만나러 간다!"

그 말을 끝으로 안개처럼 기화해서 사라져 버린 남자.

케리마는 전신을 휘감는 희열에 젖어 기분 나쁜 웃음을 연신 흘렸다.

황홀하다.

자신의 몸을 가득채운 권능들과 힘들이 너무나 즐겁다.

손짓만으로도 예전의 인간이었을 적 자신을 죽일 수 있을 법한 힘들.

한때나마 자신이었던 인간이 가지고 있던 자신감이 너무나 하찮게 느껴진다.

고작해야 한 인간의 힘이었다.

인간들의 힘만으로 만족하고 그것으로 자신이 최고인 것처럼 굴었던 자신이 너무나 하찮다.

지금의 힘에 비하면 너무나 초라하고 보잘것없는 힘.

아니, 비교 대상에 넣는 것도 모욕적이라 느낄 정도로 한심했던 고혁패.

그러나 백작급의 악마로서 거듭난 지금, 케리마는 너무나 즐거웠다.

막대한 권능!

그것은 원하는 무엇이든 다 할 수 있게 만들어줄 것 같았다.

안개화해서 돌아다니던 케리마는 코를 찌르는 샴푸향을 풍기며 돌아다니는 수십 명의 여성을 보며 피에 대한 욕구가 치미는 것을 느꼈다.

여성들의 심장에서 빠르게 도는 피가 몸 밖에서 피보라의 향연으로 터져 나오는 모습을 보고 싶다.

당장에 자신의 옆을 지나가는 여성의 가슴에서 심장을 꺼내어 터뜨리고 싶다.

그러나 케리마는 참았다.

그래서는 안 된다.

자신의 야망을 위해서, 그리고 자신의 복수를 위해서.

더욱 강한 힘을 손에 넣고 만족할 때까지 그는 멈추지 않고 강해질 것이다.

그렇게 다짐하던 케리마는 마침 지나가는 남성을 발견했다.

안개화하기 전의 자신과 비슷해 보이는 체격.

손과 발의 비율도 비슷해 보이는 것이 딱 적임자였다.

순간적으로 안개화한 케리마의 투명한 안개에서 비릿한 향이 풍겼다.

'크흐흐흐……'

음침한 웃음이 겉으로 나오려는 것을 억지로 참고 속으로 삼킨 케리마는 빠르게 그 청년이 걷는 곳을 따라서 흘러갔다.

공중 화장실로 들어서는 청년을 따라 안개화한 케리마가 들어간다.

우드득! 우직! 파직!

근육들이 끊어지고 뼈가 으스러지는 소리가 들리고 바닥을 붉은 피가 적신다.

그리고 문을 열고 나오는 케리마.

이미 청년은 사라진 지 오래였고 케리마의 입가에는 언뜻 보이는 붉은 핏자국이 아주 조그맣게 남겨져 있을 뿐이었다.

*   *   *

"그래서 드라큘라 백작이 소멸했단 말이냐?"

사탄교의 한국지부.

그 가장 깊은 심처, 악동이 권좌에 올라앉듯 높은 의자에 털썩 주저앉은 채 아래에 부복한 한 남자를 내려다보며 다그쳐 물었다.

"어서 말해봐. 진짜로 드라큘라 그 놈팽이가 소멸했어?"

개구진 얼굴을 한 작은 어린아이는 부복한 남자가 바들바들 떨면서 아무런 대답도 하지 못하자 속이 답답해졌는지 대답을 재촉했다.

"그, 그렇습니다. 드라큘라 백작과 노예의 권속을 맺었던 영혼들이 소멸당하거나 자유로운 몸이 되어서 사탄교 한국지부를 떠나고 있는 실정입니다."

최대한으로 긴장을 하고 모든 행동에 조심을 기하는 남자는 머리 위에서 내려다보는 어린아이의 심기에 거슬리지 않기 위해서 안간힘을 쓰고 있는 중이었다.

등 뒤로 한 줄기의 땀이 맺혀 흘러내리는 것이 느껴지지만, 그것보다 뒤통수가 너무나 따갑다.

분명 그가 바라보고 있을 것이다.

"그래? 흠… 그 녀석 이번 작전에서 꽤 유용하게 쓸 수 있을 줄 알았는데 말이야. 역시 그때 그놈에게 소멸당한 거겠지?"

"그, 그렇습니다. 아마 그자에게 소, 소멸당한 것으로 추측됩니다."

뒤통수에서 찌릿찌릿한 느낌이 들자 그것이 살기라는 것을 눈치챈 남자의 목소리가 가늘게 떨린다.

그러나 의자에 앉은 어린아이는 그런 것에 전혀 신경 쓰지 않는다는 양 개구진 미소를 짓는 한편, 높은 의자 때문에 발이 바닥에 닿지 않는 것이 신난다는 듯 발장구를 치며 즐거워하고 있었다.

그러나 그런 행동이나 미소와는 달리 어린아이의 전신에서는 유형화된 살기들이 뭉클뭉클 피어오르고 있었고, 살기들은 이내 아이와 남자가 있는 넓은 방안을 모조리 가득 채워 버렸다.

그리고 그런 농밀한 살기에 의해서 남자의 안색이 사색이 되었다.

이제는 목소리뿐만이 아니라 부복한 남자의 등과 어깨까지 떨리고 있다.

"그럼 그놈은 뭐하고 있을까? 응?"

어린아이의 순진한 질문과 순수한 목소리가 남자의 귓가에 들려온다.

그러나 일이 벌어지고 며칠이 지난 지금까지 자신을 내려다보며 묻는 어린아이의 질문에 대답할 만한 정보가 하나도 없다.

마치 증발한 듯이 사라졌다.

"그, 그것이……."

'죽음이다! 죽을 거야… 난 죽을 거라고…….'

사내는 속으로 절망했다.

그렇게 온몸에 힘을 주어가며 떨리는 몸을 간신히 부여잡았던 사내는 마지막 말을 하며 자신이 죽을 것이라고 생각하고 있었다.

그리고 그 생각은 틀린 것이 아니었다.

대답하는 사내의 뒷통수를 바라보던 어린아이의 손에 맺힌 에너지탄이 사내를 향해서 떨어지고 있었으니까 말이다.

퍼벅!

다른 말은 필요 없었다.

높은 의자 위에 앉아 흥미진진한 미소를 짓던 아이의 앞에 부복한 남자는 그대로 전신이 터져 죽어버렸다.

가벼운 손짓.

그것만으로 한 생명을 나락으로 떨어뜨렸다.

부복했던 사내가 사탄교 내에서도 엘리트로써 이름이 높았던 능력자임을 감안하면 어린아이의 손에 맺혀져 떨어진 에너지탄이 얼마나 강력한 위력을 지녔는지는 충분히 알 수 있었다.

순식간에 어린아이의 주변으로 육편과 핏물들이 솟구쳤
다.

바닥에 덕지덕지 붙어버린 육편에 어린아이는 즐거운 미
소를 짓는다.

"흐응… 아이씨. 그놈만 없었으면 적어도 대장로한테 할
말은 있었을 텐데……."

이마에 돋아난 뿔을 만지작거리던 어린아이는 대뜸 일어
났다.

"좋아. 아무리 네가 날고 기어봐야 결국은 이 지구 안이
라고. 그리고 지구 내에서 사탄교의 손길이 미치지 않는 곳
은 없으니까."

즐거운 듯이 미소를 지으며 흥얼거리던 어린아이는 흉물
스럽게 변한 방 안을 둘러보더니 더욱 신난 표정으로 방안
을 나간다.

"이봐! 얼른 가서 그놈 어디 있는지 알아봐. 3일 줄게!"

어린아이가 복도에서 소리치자 아무도 없던 복도에서 무
언가가 옷자락이 스치는 소리를 내며 움직였다.

철그렁. 철그렁.

그리고 어린아이의 뒤쪽에서 들리는 철그렁거리는 소리.

그와 동시에 아이의 인상이 확 찡그려진다.

"무슨 일이지?"

2미터가 넘는 신장.

그리고 빈틈이라고는 눈가에 뚫린 구멍이 전부인 철기사
가 어린아이의 앞에 선다.

"악동 장로여. 이번에도 교도를 죽였군."

아무런 감정도 느껴지지 않았고 고저도 없다.

"재수 없는 아저씨 등장이시구만."

고저가 없는 목소리 덕에 근엄한 느낌을 물씬 풍기자 악
동은 불평 가득한 얼굴로 올려다본다.

"지난 5일간 너에게 죽은 교도가 30명을 넘어선다. 그리
고 하나같이 모두 이 지부 내에서도 실력이 좋기로 소문난
녀석들뿐. 더 이상의 살육은 대장로님의 심기만 어지럽게
할 뿐이다."

녹이 슨 철골을 긁어대는 듯한 목소리.

그런 목소리가 듣기 싫었는지 악동은 귀를 막고는 모른
척하며 딴청을 피웠다.

그러다가 철기사가 말한 대장로라는 단어에 흠칫하고 몸
을 떤다.

"설마 그 늙다리한테 다 말하고 있었어?"

"당연한 이야기. 보고 차원에서 너에 대한 모든 것은 대
장로님의 귀로 들어간다."

여전히 고저가 없는 목소리였지만 악동의 얼굴은 금세

울상이 된다.

"아씨… 그 빌어 처먹을 할방탱이! 이런 식으로 뒤통수를 깐다 이거지?"

"너도 자제하는 것이 좋을 것이다. 그리고 그때의 그 남자를 찾는 것 같더군."

철기사의 말에 악동은 빙그레 웃으며 대답했다.

"응! 이번에는 반드시 죽여 버리겠어. 버러지 같은 자식."

환한 미소지만 말에서는 살기가 물씬 풍긴다.

철기사는 그런 악동의 모습에도 불구하고 아무런 말도 없이 그저 묵묵히 서 있었다.

"그런데 왜? 너도 볼일이… 있겠구나. 그 정도로 망가진 건 사로잡혔을 때 빼고는 없었을 테니."

악동은 다 안다는 듯이 철기사의 허벅지를 뒤덮은 철판을 툭툭 치며 고개를 끄덕였다.

키 높이 때문이었다.

"그것은 문제가 되지 않는다. 나는 에너지만 충분하다면 죽지 않는 불사의 존재. 몸이 망가지는 것으로 분노하지 않는다. 다만 그는 나에게 모욕감을 주었다."

순간적으로 텅 비었던 헬름의 눈구멍으로 붉은 안광이 번뜩였다.

　그러자 악동은 재밌는 것을 발견했다는 듯이 흥미진진한
표정이 되었다.

　"그래? 그럼 너에게 내려진 봉인도 장로의 권한으로 해
제해줄게. 네가 먼저 싸워봐. 재밌는 구경이 될 것 같네. 니
가 그놈이랑 놀고 있을 때 나는 그 망할 년을 죽여야겠어."

　악동은 자신을 향해서 성검을 휘두르던 미카엘라가 떠올
랐는지 입에서 욕설을 내뱉어 버렸다.

　"배려해 준다니 고맙군."

　철기사는 용무가 끝났는지 악동에게서 몸을 돌렸다.

　그러더니 다시 몸을 돌려 악동의 머리 위로 손을 올렸다.

　"뭐, 뭐야?"

　악동은 갑자기 머리 위에 철기사의 손이 올라오자 당황
한 듯이 외쳤다.

　그러나 여전히 아무렇지도 않게 손을 얹은 채 유심히 관
찰하던 철기사는 조용히 중얼거렸다.

　"그새 키가 좀 컸군."

　"이익! 부숴 버릴 거야!"

　자신의 키를 가지고 놀리는 듯한 철기사의 말에 악동이
길길이 날뛰었지만, 악동의 주먹은 철기사의 헬름 근처에
도 닿지 못했다.

　"너의 성장도를 알아오라는 대장로님의 명령이 있었다.

그럼 이만."

철기사가 미련없이 사라지자 악동은 대장로라는 말에 입술을 잘근잘근 씹으며 분을 삭이고 있었다.

"감히 내 머리에 손을 얹다니… 네거 잭 슈날드 깡통 주제에 말이야. 흥!"

삐친 듯이 팔짱을 끼고는 화를 내는 악동.

곧이어 네거 잭 슈날드가 사라진 방향으로 메롱을 하더니 가운뎃손가락을 척하고 들어 올린다.

"깡통 자식아 이거나 먹어라!"

빽 하고 소리친 악동은 네거 잭 슈날드가 확실히 멀어졌다고 느끼자 곧 흐뭇한 표정을 지었다.

"내가 그렇게나 컸나? 히힛!"

기분 좋은 듯이 웃은 악동은 다짐을 한다.

"다음에는 살짝 발뒤꿈치를 들어야겠어."

작은 주먹을 야무지게 쥐어 보이는 악동이었다.

*   *   *

사탄교로부터의 습격이 있고 난 지 5일 정도 흐른 후.

태령과 지선 그리고 지희는 한에서 마련한 비밀 지부에서 생활하고 있었다.

겉으로는 산속에 지어진 작은 흉가로 보일 법한 집이었
지만, 지하에는 으리으리한 시설들이 늘어서 있었다.

마치 영화 속에서나 나올 법한 시설들이었다.

마침 흉가로 들어서는 한 남자.

태령이었다.

그리고 옆에는 미카엘라가 수줍은 듯이 따라 들어오고
있었다.

"오늘 안색이 별로 좋아 보이지 않네요. 몸에 이상이라도
있으신 겁니까?"

태령은 요즘 따라 미카엘라의 행동이 이상한 것에 의문
을 품고 물었다.

"아, 아닙니다. 들어가시죠."

미카엘라는 보는 사람이 이상하다고 생각될 정도로 붉어
진 얼굴로 서둘러 흉가 안으로 들어섰다.

태령은 앞서 들어가는 미카엘라를 이상하게 바라보았다.

태령은 요즘 미카엘라와 같이 한을 도와 능력자들의 수
련을 도우며 시간을 때우고 있었다.

물론 미카엘라를 지희로 모습을 바뀌게 하여 같이 산 근
처에 있는 작은 시내에 모습을 비추며 적당히 밑밥을 깔기
도 하는 중이다.

그리고 동시에 미카엘라의 대련 상대가 되어주면서 미카

엘라의 전투적인 능력을 더욱 높여주고 있는 상황이었다.

생각 같아서는 당장에 사탄교로 쳐들어가서 지워 버리고 싶은 마음이 간절했지만, 일망타진을 하기 위해서는 역습의 기회를 노려야 했다.

그렇기에 지금은 힘을 비축하면서 완벽한 일망타진을 위해서 함정을 준비하고 있었다.

그리고 그런 순간을 위해서 미카엘라와 제인, 무룡도 뼈를 깎는 심정으로 수련에 박차를 가하고 있는 중이었다.

제인은 의지력을 더욱 높이는 수련을 위해서 태령과 계속해서 심상 수련을 하고 있었고, 무룡은 격투술에 대한 센스와 내공 증진을 위해서 태령과 무한 격투를 벌이고 있었다.

그리고 미카엘라는 신성력에 대한 센스와 컨트롤의 부족을 메꾸기 위해서 요즘은 성검을 들지 않고 자신만의 신성력을 사용해서 태령의 데스 존에서 버티는 수련을 하고 있었다.

하루에 몸이 열 개라도 부족할 정도로 바쁜 태령이었지만 별다른 불평은 없었다.

이 모든 게 단 하나의 적을 쳐부수기 위해서 노력하는 것이기 때문이었다.

자신에게 어머니나 마찬가지인 혜연을 죽인 사탄교에 대

한 복수심에서 비롯된 것들이었다.

물론 조금 많은 보수를 한에게서 약속받은 상태이기도 했다.

수련을 도와주는 것만으로 한 달에 1,500만 원씩 받기로 했다.

일주일에 5일 하루에 각자 5시간씩.

주말은 개인 수련으로 태령에겐 자유시간이나 마찬가지였다.

그리고 덧붙여서 임무가 주어질 때마다 용병의 자격으로 임무에 등급에 따라 2천만 원에서 1억에 이르기까지 돈을 받기로 되어 있었다.

물론 태령에게는 크게 불리한 조건도 아니었고 자신이 내키지 않는다면 거절할 수도 있었다.

물론 맹룡학이나 다른 세력들의 수장들은 태령에게 더욱 매력적인 조건을 제시하며 접근했지만 하나같이 태령의 얼굴을 보지도 못하고 쫓겨나야 했다.

물론 그중에 맹룡학은 죽음의 위협까지 받아야 했다.

"후… 잘돼야 할텐데……."

태령은 어느덧 함정이 완성에 가까워지고 무룡과 제인, 미카엘라의 실력이 일취월장하면서 두각을 드러내자 작전에 대한 걱정으로 염려 섞인 혼잣말을 중얼거렸다.

　그러자 시설로 들어가는 비밀 문을 열기 위해서 흉가에 버려진 옷장 문을 열던 미카엘라가 태령을 보며 말했다.

　"잘 될 겁니다. 우리 모두 노력하고 있고 무엇보다 태령 씨가 있으니 잘 될 거예요."

　미카엘라의 태령에 대한 신뢰가 가득한 말.

　태령은 그런 미카엘라의 말에 쓰게 웃어주었다.

　미카엘라는 그런 태령을 보며 살짝 미소 지어주고는 버려진 옷장 바닥에 볼품없이 놓여 있는 끈의 방향을 일정한 규칙으로 돌렸다.

　드그그긍.

　그러자 거대한 무언가가 움직이는 소리가 들리고 이내 흉가의 바닥에서 무언가가 올라왔다.

　"타죠."

　미카엘라가 먼저 올라온 무언가에 올라타면서 말하자 태령도 익숙하게 올라탔다.

　그리고 동시에 바닥에서 올라온 것은 다시 바닥으로 사라졌다.

　"오빠!"

　흉가에서 바닥으로 사라진 괴상한 탈것은 이내 고급스러운 장식들이 많은 복도 중간에 멈춰 섰다.

그리고 그 앞에서 기다리던 소녀는 태령을 부르며 환하게 미소 지었다.

"지희야."

"잘 다녀왔어?"

"응. 잘 있었지? 별일은 없었고?"

환하게 웃으면서 다가온 지희는 예전보다 훨씬 태령을 친근하게 대하고 있었다.

존댓말을 하다가 반말로 바뀌고 예전보다 태령과 적극적으로 대화를 하려고 많이 노력하는 지희였다.

탈것에서 내리자마자 태령은 복도의 중간에 쭈그리고 앉아 태령을 기다리던 지희의 손을 잡으며 괜스런 걱정에 이것저것을 물었다.

"아무 일도 없었어. 그것보다 무룡 아저씨가 상담할 것이 있다고 급하게 찾던데?"

여전히 아름다운 얼굴과 순수한 미소를 가진 지희는 태령에게 무룡의 이야기를 전했다.

그러나 태령은 크게 신경 쓰지 않았다.

"안 가봐도 돼. 오늘은 주말이잖아. 오늘 같이 영화관에 놀러 가기로 한 거 기억하지?"

일이나 수련 중에는 절대 볼 수 없는 태령의 환한 미소가 지희에게 지어진다.

지희도 그런 태령의 미소에 행복한 듯이 웃는다.

"응! 오늘도 그렇게 가는 거야?"

지희는 태령과 자주 밖으로 나갔었다.

그래 봐야 5일 동안 3번뿐이었고 짧은 시간이었지만 태령과 같이 데이트를 하는 듯한 기분에 좋기만 한 지희였다.

그리고 태령의 은신의 술로 몸이 지워진 채 허공을 날듯이 이동하는 것도 지희에게는 즐거움이었다.

어쩌면 그저 태령과 같이 있는 것만으로 즐거워하는 것인지도 모른다.

물론 지희도 처음에는 지선처럼 괴리감에 괴로워했다.

그리고 태령조차 멀리할 정도로 고통스러워했다.

그러나 태령이 모든 것을 다 말해주며 눈물을 보이자 지희도 결국은 이겨내기로 했다.

태령은 옆에서 환하게 미소 짓는 지희를 바라보았다.

'아직 속으로 많이 힘들 거야.'

지희의 환한 미소 뒤에 가려진 슬픔이 보이는 태령은 지희가 왜 매일 자신이 일을 하거나 수련을 도와주는 중에 그 근처에서 서성이는지 잘 알고 있었다.

기댈 곳이 필요할 것이다.

그러나 종혁은 지금 세인트 가디언의 일원으로서 비밀 임무를 띠고 밖으로 나가 있는 상태였고, 지선은 지희를 태령에게 맡기고는 지희로 인해서 생긴 신성력을 수련하기 위해 사라져 버렸다.

그렇다 보니 지희는 자동으로 태령을 졸졸 쫓아다니며 응석을 부리고 있었다.

그러나 전혀 귀찮지 않았다.

한참이나 성숙해서 소녀 같지 않던 아이가 제 나이의 모습을 하고 있다.

그런 지희가 더욱 소중해지는 태령은 일주일의 5일을 그렇게 강행하고는 주말 내내 지희와 같이 있어주었다.

그런 모습에 제인이 무룡을 보며 본받으라고 핀잔을 준 것은 여담이다.

물체에서 내리자마자 지희가 태령을 이끌고 사라지자 미카엘라는 씁쓸한 미소를 지었다.

"이러면 안 되지만……."

미카엘라는 지금 손을 잡고 나가는 저 커플이 부러웠다.

정확히 지희가 부러웠다.

잠재적인 메시아로서의 각성이 예정되어 있는 아이지만 부러웠다.

미카엘라는 쓰게 웃었다.

그러자 자동으로 머릿속에 한 가지 기억이 떠올랐다.

악동에게 기사로서 참을 수 없는 모욕을 받고 죽음을 직면했을 때 보였던 태령의 등.

고급스러운 정장을 입고 자신을 구해주었던 태령.

처음에는 몰랐지만, 이후로 태령을 볼 때마다 드는 이상한 감정은 미카엘라를 당황시켰다.

처음에는 마력이라는 불길한 기운을 사용하는 위험분자로만 생각했다.

그러나 소중히 생각하는 사람들을 위해서 최선을 다해 노력하며 회의 때도 은연중에 리드를 하는 모습들은 미카엘라의 이상한 감정을 증폭시키기에 충분했다.

게다가 월등히 큰 키와 조금 날카로운 듯하면서도 웃으면 다정해 보이는 잘생긴 외모 역시 미카엘라의 눈에 너무나 강렬하게 와 닿았다.

"후우… 이러면 안 된다 미카엘라! 너는 신의 기사. 사적인 감정은 모두 죽은 거야."

스스로 채찍질하듯이 다짐한다.

그러나 그런 다짐과는 달리 지금 미카엘라의 복장은 하늘하늘한 원피스를 입고 있었다.

물론 시내에서 태령과 같이 있는 지희의 모습을 보이기 위해서 입은 옷이긴 했지만 분홍색의 하늘하늘한 원피스일 필요는 없었다.

그리고 지희일 때의 모습보다도 지금 미카엘라의 모습으

로 돌아왔을 때 더욱 어울리는 원피스였다.

"후우……."

마음을 가다듬듯이 심호흡을 한 미카엘라는 왼손 약지에 끼워진 반지를 만지작거렸다.

왠지 반지를 만지고 있으면 기분이 좋았다.

"이만 들어가 봐야겠네."

약간은 체념한 듯한 목소리로 자신의 방으로 돌아가는 미카엘라의 뒷모습이 힘이 없어 보인다.

Chapter
07
케리마의 추적

모든 일정이 끝난 주말.

점심을 먹고 난 뒤 태령은 자신의 옆에서 졸졸 쫓아오고 있는 한 여학생을 난처하게 바라보고 있다.

크고 맑은 눈망울과, 학교에 다니고 있을 때는 여러 남자를 자신도 모르게 울렸을 법한 순수한 외모.

순수하고 청초하게 생긴 얼굴과는 달리 나올 곳은 나오고 들어갈 곳은 들어간 몸매를 가지고 있었고, 여고생의 나이임에도 불구하고 신체 비율상 굉장히 긴 다리를 가지고 있었다.

‘이렇게 예쁘니 주변 남자들의 눈이 돌아가지.’

옆에서 참을 수 없이 귀여운 표정으로 자신을 쫓아다니는 지희가 너무나 귀여워 빙그레 미소가 떠오른다.

그러나 한편으로는 작은 걱정이 생겨난다.

원래의 지희라면 생각도 할 수 없는 행동을 지금은 너무 많이 하고 있다.

혜연의 죽음과 함께 일어난 현실성이 없는 일들이 지희에게 많이 힘들었나 보다.

의젓하고 성숙하게 행동하던 지희가 급작스럽게 어린아이처럼 변해버렸다.

잠시라도 혼자 있게 되는 것을 경기를 일으키며 싫어했고, 태령이 눈에 보이는 곳에 있어야 했다.

일 때문에 불가피하게 밖으로 나가야 할 때는 태령이 이용하는 엘리베이터 기능의 탈것 앞에서 시간을 보내고 있었다.

‘후… 역시 아직 지희가 감당하기에는 너무 힘든 일이었을까?’

여리고 상하기 쉬운 소녀의 마음은 지금 받아들일 수 없는 현실에서부터 자신을 스스로 보호하기 위해서 이런 성격을 만들어 냈을 것이다.

끊임없이 태령에게 기대고 의지하며 당면하게 될 현실을

직시하는 것으로부터 도피하고 있었다.

그러자 새삼 태령은 지희에게 모든 것을 이야기해 주지 않은 것이 다행이라고 생각했다.

지희가 알고 있는 것은 종혁과 혜연의 일, 그리고 자신의 일과 사탄교의 존재, 마지막으로 전 세계적으로 존재하는 능력자들에 관한 이야기들이었다.

물론 많은 혼란이 있었을 것이다.

그리고 그런 혼란들을 감당하기에는 지희는 아직 너무 어렸다.

"오빠? 몇 시에 영화관에 갈 거야? 하늘 날아다니는 거 또 하고 싶은데……."

입술을 삐죽이면서 칭얼대는 지희를 보던 태령은 급작스레 변한 지희에게 많은 미안함을 느끼고 있었다.

'얼마나 힘들었길래 그렇게 성숙했던 네가 이렇게 변했니… 얼마나 고통스러웠길래 책임감이 그렇게 강했던 네가 이렇게 도망치는 거니…….'

옆에서 칭얼거리는 지희를 보자 태령은 혜연의 죽음이 생각나 눈물이 흘러내릴 것만 같았다.

하지만 간신히 참았다.

자신은 눈물을 흘릴 자격이 없다.

지금 마음속으로만 눈물을 흘리되, 그 눈물을 모두 차곡

차곡 모아 증오스러운 사탄교 녀석들을 모조리 소멸시켜
버리고 그 뒤 이 모든 일을 차근차근 풀어나갈 것이다.

"오빠 또 다른 생각하지?"

태령이 약간은 멍한 듯한 시선을 보이자, 그새를 못 참고
지희가 태령의 볼을 꼬집으면서 뾰로통한 얼굴로 태령을
노려본다.

"으씨… 영화관 안 갈 거야?"

자꾸만 대답도 없이 태령이 멍하니 있자 심술이 난 지희
는 태령을 맑은 눈동자로 째려보며 화난 모습을 했다.

"가야지. 오늘은 뭐가 그렇게 보고 싶으시길래 이렇게 자
꾸 보채시는 걸까요?"

그 모습이 너무나 귀여워서 지희의 손을 잡아주며 태령
이 환하게 웃는다.

지희는 그런 태령을 보며 찰싹 달라붙었다.

"이번에 새로 개봉한 영화로 볼 거야! 완전 기대하고 있
었던 영화였거든!"

잔뜩 상기된 얼굴로 태령의 팔을 꼭 끌어안은 지희.

기대감 때문인지 눈에 초롱초롱한 빛이 마구 감돌았다.

"아, 그전에 팔 좀……."

지희가 너무 세게 끌어안는 바람에 팔꿈치에서 느껴지는
물컹한 감촉에 태령은 식은땀을 흘리며 슬쩍 팔을 빼내려

했다.

그러나 그런 태령을 가만히 두고 볼 지희가 아니었다.

"영화 다 볼 때까지 이렇게 있을 거야! 어디 못 도망가게. 히히힛!"

혀를 반쯤 빼어 물고는 귀여운 미소를 짓는 지희의 모습에 태령은 오른손의 감각을 포기할 수밖에 없었다.

'저항할 수가 없어……'

이토록 무력감을 느껴본 것도 굉장히 오랜만이다.

총총거리는 걸음으로 자신의 팔을 놓치지 않기 위해 태령을 따라오는, 마냥 어린아이 같은 지희.

마냥 어린아이처럼 변해 버린 지희를 볼 때마다 태령은 가슴속이 쓰라리고 아팠다.

지희가 변해 버린 것이 본인 책임 같았다.

종혁이나 지선도 그렇게 생각하지 말라고 위로해 주기는 했지만, 그들도 아마 태령과 같이 변해 버린 지희가 안타까울 것이다.

그러나 그럼에도 불구하고 지선과 종혁은 지희를 두고 떠날 수 있었다.

그 옆에는 태령이 있었기 때문이다.

누구보다도 지희를 아끼고 소중히 여기는 태령이 있기에 지선과 종혁은 안심하고 떠날 수 있었다.

그리고 태령 또한 지선과 종혁이 지희를 두고도 안심하고 떠나는 이유가 자신임을 알았다.

그래서 더욱 책임감이 느껴진다.

지금 옆에서 쫄래쫄래 쫓아오고 있는 이 아이.

'무슨 일이 있어도 지킬 것이다. 내가 마계로 돌아가지 못하는 한이 있더라도.'

굳은 다짐을 하는 태령의 표정은 무겁기만 하다.

그보다도 지금 태령이 걱정하는 것은.

"나 이제 옷 갈아입어야 하는데 계속 거기 있을 거야?"

옷을 갈아입는 시간마저 같이 있으려는 지희 때문에 조금은 난감하다.

그래도 태령은 지금 이 순간이 행복했다.

*　　*　　*

"크ㅎㅎㅎ……."

미친 듯이 거리를 방황하는 한 젊은 청년.

요즘 유행하는 패션을 멋스럽게 소화한 청년은 어찌 보면 귀엽고 어찌 보면 섹시해 보이는 외모로 지나가는 뭇 여성들의 마음을 설레게 하며 주변을 두리번거리고 있다.

모든 게 새롭다.

매 시간이 즐겁다.

주변에서 느껴지는 수십 개의 혹은 수백 개의 심장 박동 소리가 하모니가 되어 더욱 청년을 흥분시킨다.

마치 웅대한 오케스트라를 들으며 지휘하는 느낌에 청년은 발걸음이 멈추고 손이 허공을 휘젓는다.

주변에서 들려오는 수백 개의 심장 박동 소리가 전율이 되어 청년을 소름 돋게 한다.

그럴 때마다 청년은 붉은 피가 보고 싶어서 미쳐 버릴 것 같았다.

손으로 직접 심장이 뛰는 것을 만지고 싶다.

가지고 싶고 부수고 싶다.

순수한 파괴의 욕구가 살기가 되어 무럭무럭 피어오르지만, 청년은 이내 굳어진 얼굴을 하고는 모든 것을 참았다.

아직은 모자라기에.

자신은 아직 배가 고프다.

더욱 강한 힘을 지닌 존재들을 먹어치우고 먹어치우면서 강해져야 한다.

그 소름 돋는 절대적인 무력 앞에서는 지금의 자신이라고 해도 도망은커녕 살아남아 목숨을 부지하는 것도 어렵다.

이렇게나 강력한 힘을 지닌 드라큘라 백작을 그 짧은 시간 만에 걸레 조각처럼 만들어 버리는, 상상이 안 되는 무력과 권능들.

가지고 싶다.

어린아이와 같은 순수한 욕망이 청년을 휘감는다.

'가지고 싶다. 가지고 싶다. 가지고 싶다. 하지만 참아야 한다. 맛있는 건 제일 마지막에 먹어야 하니까.'

길을 가다 말고 서서 허공에 손짓을 하다가 몸을 부르르 떨며 입술을 핥는 청년의 모습에 지나가던 아줌마가 혀를 찼다.

그러나 그런 사소한 것 따위에는 신경 쓰지 않았다.

자신에 비하면 고작해야 벌레 수준인 쓰레기들.

주변을 지나치는 사람들을 보면서 청년은 더러운 오물이라도 보는 듯했다.

그런 눈길에 몇몇 길 가던 사람들이 욕설을 하며 지나쳤지만, 그 역시도 관심 대상에 들지도 못했다.

지금 청년의 머릿속에는 단 한 명만이 가득했으니까 말이다.

권태령.

청년이 알고 있는 가장 강한 인간이며 가장 탐스러운 먹이.

그러나 너무나 탐스럽고 맛있는 먹이인지라 감히 지금은

손도 대지 못하는 고고한 존재.

"크크큭! 그것도 잠시일 뿐이지."

얼마 전에 잡아먹은 사탄교도를 떠올린 청년은 참을 수 없는 희열에 몸을 부르르 떨었다.

그 이유는 우연하게 얻은 정보 때문이었다.

태령에 대한 정보.

지금 태령이 어디에서 나타나고 있는지에 대한 정보였다.

이런 정보를 얻은 것은 순전히 운이었다.

피에 대한 미친 갈망 덕에 결국은 한 사람을 잡아먹었다.

흔적조차 남기지 않고 한 사람의 영혼까지도 소멸시켜 버린 청년은 마침 지나가던 사탄교도의 시선을 끌게 되었다.

이후의 전개는 평범한 사람을 상대로 한 조금 전과 다를 것이 없었다.

마찬가지로 사탄교도도 청년의 식욕을 잠시나마 채워주는 희생양이 되었다.

그리고 그의 머릿속에 있던 온갖 정보들은 청년의 머릿속에 저장되었다.

그리고 가장 눈에 띄었던 정보가 바로 태령에 관한 정보였다.

그날의 격전 이후로 행방이 묘연해졌던 지희라는 계집과 함께 이따금 출몰한다는 정보였다.

사탄교도들도 눈에 핏줄을 세워가며 얻었던 중요한 정보인듯 싶었다.

그러나 청년은 곧장 알아채었다.

'유인계.'

다른 말이 생각나지 않았다.

그 정도 되는 실력자가 고작해야 이딴 벌레들에게 발자취를 드러낼 일은 없다.

청년이 알고 있는 태령은 절대 그런 실수를 범할 사람이 아니었다.

이미 드라큘라 백작으로서의 기억까지 모두 가지고 있는 청년은, 아니 케리마는 태령과 같은 종류의 사람을 너무나 잘 알고 있었다.

한 치의 실수도 오류도 허용하지 않는 철두철미함.

그리고 그에 따른 오만함과 자존심.

하지만 그런 오만함과 자존심은 그에게 어울린다.

절대적인 힘과 권능이 있는 존재였으니까.

그렇기에 더욱 철두철미할 수 있을 것이다.

아마 사탄교도들의 시선을 아주 조금씩 끌면서 사탄교의 지부를 알아내려는 속셈일 것이다.

그리고 물론 일망타진을 노리고 있겠지.

드라큘라 백작의 기억을 가지고 있는 케리마는 순식간에 태령의 의도를 파악해 내었다.

생전에 지장으로서 가장 영지전에서 효과적인 방법으로 적들을 물리친 드라큘라 백작의 기억이 있기에 가능한 케리마의 추론이었다.

케리마의 미소가 진해진다.

단순히 떠올리는 것만으로도 소름이 돋는다.

그 가공할 무력.

'아아… 가지고 싶어!'

생각만 해도 전율이 일고 그에 따른 소유욕이 해일같이 불어난다.

결국은 그런 소유욕에 이기지 못하고 케리마는 작은 계획 하나를 세운다.

'호호호호… 히히히히! 이렇게 시선을 끄는데 안 가주는 것도 예의가 아니지. 그놈도 지금 나를 죽이진 못할 테니까 말이야. 크크크큭!'

즐겁다.

단순히 만날 생각만으로도 즐겁다.

아마 바라보는 것만으로도 살인충동에 휩싸일 것이다.

"오랜만에 만나는데… 단장 좀 해야겠지? 그러고 보니

그 계집년도 얼굴이 반반했으니까."
　호선을 그리는 입술에서 진득한 살기를 간직한 케리마의
눈이 빛난다.

Chapter
08

나타난 케리마

산속으로 빠르게 내려가는 한 줄기의 선.

마치 쏘아져 나간 화살처럼 빠른 속도로 달려가는 선은 울창한 나무들의 숲에도 불구하고 전혀 신경 쓰이지 않는 다는 듯이 속도가 줄지 않았다.

"조, 조금만 천, 천천히……."

태령은 자신의 품에 안긴 채 눈도 못 뜨고 있는 지희를 보며 피식 웃었다.

하늘을 날아다니는 듯한 기분이 좋다고 하더니 순 거짓 말이었다.

지금만 봐도 밑이 무서워서 눈도 못 뜨고 있지 않은가?

단순히 지희는 나가고 싶어서 둘러댄 변명이었을 것이다.

'그래도 그렇지 이렇게 쉽게 들통 나는 거짓말을 하나?'

아직은 거짓말이 너무 서투른 아이다.

하얀 도화지 같은 순수함을 간직한 아이를 보자 태령은 작은 실소가 터져 나왔다.

피식하는 소리에 실눈을 뜬 지희는 태령이 작은 미소를 짓고 있는 것을 발견하고는 얼굴이 빨갛게 익었다.

"그렇게 많이 무서워?"

태령은 지희를 생각해서 물었지만 돌아오는 건 따가운 눈총이었다.

"그러게 왜 그런 변명을 둘러대. 이렇게 금방 들통 날걸."

자그마한 미소를 달고 하는 말인지라 왠지 다정해 보인다.

지희는 그런 태령의 모습에 목에 두른 팔에 더욱 힘을 주면서 몸을 밀착시켰다.

"오빠."

"응?"

지희는 아무런 말도 없이 태령을 바라보았다.

귓가에 스치는 바람들 때문에 지금 자신이 자동차도 우습게 여길 정도로 빠른 속도로 이동하고 있다는 것을 실감하게 하고 있었지만 지금 지희에게는 그것이 느껴지지 않는가 보다.

"오빠는… 어디 안 갈 거지?"

진지해진 지희의 말.

그리고 왠지 자신감이 없는 말이었다.

"후우……."

태령은 그런 지희를 보다가 한숨을 내쉬고는 길도 없는 산 속 개울가에 있는 바위 위에 내려섰다.

그리고는 지희를 내려놓는다.

공주님을 안는 품으로 안겨 있던 지희는 어정쩡하게 태령에게서 떨어진다.

"지희야."

태령의 부름에 지희는 시선을 애써 피한다.

도저히 마주할 자신이 없다고 보는 것이 맞을 것이다.

지금 태령을 본다면 흔들리고 있는 눈동자를 들켜 버릴 테니까.

그리고 왠지 눈물이 날 것 같았다.

"여길 봐봐, 지희야."

태령이 지희의 턱을 손으로 돌려 자신을 바라보게 했다.

역시나 눈에 눈물이 그렁그렁하게 맺혀 있다.

태령은 아무런 말도 없이 지희의 눈에 맺힌 눈물을 닦아준다.

남자답지 않게 보드라운 태령의 살이 지희의 눈가를 쓰윽 닦는다.

"울지 말구. 이렇게 울보는 두고 내가 어딜 가."

안심시키려 하는 말이었지만 지희는 그저 고개를 숙이고 어깨를 파르르 떨며 닭똥 같은 눈물을 흘렸다.

"오빠 너무 무서워!"

그대로 주저앉아 버리는 지희.

무어라 위로해 주고 싶은 마음이 굴뚝같지만 해줄 수 있는 말이 없다.

지금의 시련은 지희의 시련이다.

태령이 해줄 수 있는 건 그저 옆에 같이 있어주고 지켜주는 것뿐이었다.

"지희야……."

"갑자기 변한 상황들도 무섭고, 내가 알던 사람들이 내가 아는 사람이 아니라는 게 무서워. 사람들이 죽는 게 무섭고 또 그게 내가 아는 사람일까 봐 무서워. 그리고… 이렇게 힘들고 아픈 게 무서워……."

결국, 지희는 터뜨리고 말았다.

매일 밤 자기 침실에서 혼자 눈물을 흘리며 참고 참았던 감정들이 분출되듯이 터져 나온다.

태령은 주저앉아 울고 있는 지희의 맞은편에 앉으며 지희의 어깨위로 손을 올렸다.

그리고 다른 한 손으로는 지희의 머리를 감싸 가슴으로 당겼다.

"지희야… 무서울 거 없어. 더 이상 아무도 다치지 않을 거야. 그리고 네가 알던 그 사람들은 그대로야. 다만 알지 못했던 부분이었을 뿐인 거야. 오빠가 지켜줄게. 무엇이 되었든 누가 무엇을 하든 그게 설령 신이라고 해도 지켜줄게."

태령은 이것밖에 해줄 수 없는 자신이 미웠다.

자신의 무능력함에 화가 났다.

하지만 힘이 있는 것에 감사했다.

그렇지 않았다면 지키겠다는 말을 실천할 가능성은 한없이 제로에 가까웠을 테니까 말이다.

태령의 가슴에 안긴 채 태령의 진심 어린 말을 들은 지희는 더욱 큰 소리로 울었다.

다행히 태령은 주변에 마력으로 만든 막을 설치해 두었다.

소리가 빠져나가지 않게 하기 위함이었다.

　혹시나 있을 사탄교도들에게 비밀 지부가 발각되지 않게 하기 위한 태령의 치밀한 안배였다.

　게다가 태령과 지희의 몸은 어느새 은신의 술로 주변과 완벽히 동화되어 있었다.

　태령은 자신의 품에 안겨 가녀린 어깨를 파르르 떠는 지희를 보면서 다정하게 지희의 등을 토닥여 주었다.

　'얼마나 힘들었을까… 갑자기 바뀐 환경과 사람들. 억압된 생활. 이 모든 게 얼마나 이 작고 가녀린 아이에게 고난이었을까.'

　지희를 측은한 시선으로 바라보던 태령은 품에 안겨 울음이 조금씩 사그라지고 있는 지희를 품에서 떼었다.

　그리고 지희의 눈을 보았다.

　사람의 마음을 가장 여과 없이 보여주는 창문과 같은 곳이 바로 눈이었기에 태령은 눈을 보았다.

　더없이 순수하고 맑고 깨끗한 눈동자.

　티 하나 없기에 신성까지 느껴지는 눈동자였다.

　태령은 그런 지희의 눈동자를 오랜 침묵 속에서 바라보았다.

　그리고 지희도 태령의 눈동자를 바라보았다.

　비록 사나운 눈매인 데다가 감정 표현도 적어서 평소라면 무슨 생각을 하는지 알 수 없는 눈동자였지만 지금은 아니다.

태령의 마음을 그대로 투영하고 있는 태령의 눈동자.

지희는 그런 태령의 깊은 눈동자에 빠져들 것 같았다.

마치 위험한 줄 알면서 자신도 모르게 빨려 들어가는 듯한 그런 느낌.

지희는 그렇게 넋 놓고 태령의 눈동자를 바라보았다.

그리고 태령의 입술이 지희의 이마에 닿았다.

쪽.

말 그대로 쪽 하는 소리가 나면서 태령의 입술이 지희의 이마에서 떨어진다.

그러자 순수한 소녀적 감성이 더없이 풍부한 지희는 순식간에 목에서부터 얼굴까지 빨갛게 달아올랐다. 마치 만화에서나 보는 표현처럼 빨갛게 변하는 선이 올라오는 것처럼 보일 정도였다.

"으응?"

당황해서인지 지희는 어버버하는 소리를 내었고 태령은 그런 지희에게 장난스러운 미소를 지으며 뭐라고 하는지 못 알아듣겠다는 듯한 제스처를 취했다.

"이익!"

지희는 그대로 뒤로 빠르게 빠지면서 방금까지 흘린 눈물흔적을 지웠다.

태령과의 스킨쉽이라곤 손을 잡는 것이 전부였던 지희는 조금 전 태령의 행동으로 심장이 터져 버릴 것만 같았다.

아마 자신의 벌겋게 달아오른 얼굴은 굉장히 우스꽝스러울 것이다.

그러나 그래도 묘한 설렘이 기분이 좋았다.

한때나마 자신을 멀리했던 것에 대한 서운함은 이미 날아간 지 오래였다.

그저 옆에만 있어주어도 지희는 만족할 수 있을 것 같았다.

그러나 이제 보니 그것이 아닌 것 같다.

지희는 아직도 세차게 뛰는 왼쪽 가슴께에 손을 올리고는 심장이 진정되기를 기다렸다.

"바보……."

지희는 자신을 기다리고 있는 태령을 보면서 작게 중얼거렸다.

물론 지희는 그런 자신의 작은 중얼거림이 태령에게 똑똑히 들릴 것이라고는 생각하지 못했다.

지희는 세차게 뛰던 심장을 진정시키고는 태령에게 다가갔다.

태령은 아무런 말도 없이 손을 내밀었다.

지희도 아무런 말도 없이 손을 맞잡았다.

태령이 지희를 공주님 안기 자세로 안아 들었다.

"이제 다시 간다? 오빠 꽉 잡아."

태령이 다정한 목소리로 말하자 지희는 다시 얼굴이 빨갛게 익었다.

그래도 태령의 목에 둘린 손에 힘이 꽈악 들어간다.

"아, 그리고 아까 바보라고 한 건 이따가 돌아가서 혼나자, 지희야."

빙긋.

환하게 미소 짓는 태령의 장난스러운 말에 지희는 다시 울상이 되었다.

*　　　*　　　*

다소 한산한 거리.

서울과는 달리 밖을 돌아다니는 사람들이 별로 없는 거리임에도 불구하고 태령과 지희는 은신의 술로 주변 색들과 완벽히 동화되어 거리를 노닐고 있었다.

지희는 오랜만에 본 영화에 기분이 좋은지 함박웃음을 짓고 있었고 손에는 커피가 들려 있었다.

물론 돈을 내고 산 커피가 아니었다.

꽤 날씨가 추운 데에 비해서 입고 나온 옷이 얇았던 지희는 춥다고 투정을 부렸고 이를 못 이긴 태령이 은신의 술로 편의점에 들어가 직원이 보지 못하는 사이에 커피를 몰래 하나 들고 나와 버린 것이다.

편의점 아르바이트생으로서 나름의 경륜과 노하우가 있었던 태령에게 있어서 이보다 쉬운 도둑질은 없었다.

"아, 따뜻하다."

양손으로 쥔 뜨끈뜨끈한 커피를 차가운 볼에 가져다 대고 녹이는 지희를 보며 태령의 입가에서는 미소가 떠날 줄을 모른다.

"오빠는 안 추워?"

자신보다 훨씬 얇아 보이는 옷을 입은 태령은 제법 매섭게 몰아치는 추위에도 불구하고 전혀 아무렇지도 않은 듯이 여유로웠다.

"이 정도 추위에 춥다고 하면 어떤 괴물한테 많이 잔소리를 들어야 해서 말이야."

한쪽 눈을 찡긋하면서 장난스레 말하는 태령의 모습에 지희는 잠깐 어리둥절했지만 이내 아무렇지도 않게 생각하면서 다시 거리를 노닌다.

물론 태령이 그렇게 말하는 사이에 태령의 말을 들은 베히모스가 나지막한 울음소리를 내며 불만을 표했지만 그것 말고는 아무런 말도 없었기에 태령은 그냥 넘어가기로 했다.

"그나저나 이제 우리 학교 기말고사 시작했을 텐데… 나 여기서 이러고 있어도 되는 걸까?"

태령과 유하, 재명, 지선이 얼마나 기말고사를 위해서 시간을 투자하고 고생했는지 뻔히 하는 지희는 태령이 걱정되었다.

전국 모의고사 1등에 학교에서 가장 기대하는 학생이기도 한 학생이 바로 태령이었다.

그런데 이렇게 갑자기 홀연히 사라져 버린 것은 어쩌면 그간 공부를 해왔던 것이 모두 물거품이 되는 일일 수도 있기 때문이었다.

그러나 태령은 그렇게 생각하지 않았다.

"그까짓 시험 같은 거 앞으로 살면서 엄청 많이 볼 건데 뭘. 하나쯤은 빼먹어도 상관없어. 살면서 거의 한평생 시험만 보면서 살 텐데 하나쯤은 빼먹으면서 놀아줘야지."

대수롭지 않게 말하는 태령을 신기하다는 듯이 지희가 빤히 바라보았다.

"응? 왜 그렇게 봐?"

"아니야, 히힛."

지희는 괜스레 자기 옆에서 묵묵히 걷고 있는 태령이 너무나 듬직해졌다.

지희가 유일하게 기댈 수 있는 사람.

그리고 그런 지희를 받아주는 고마운 사람.

투정을 부리고 응석을 부려도 어리광을 부려도 모두 웃으면서 받아주는 태령이 너무나 고맙다.

이러면 안 되는 줄 알면서도 투정을 부리고 어리광을 피우게 된다.

자신을 태령에게 맡기고 사라진 지선과 종혁이 처음에는 밉기도 했다.

버려진 느낌이었다.

하루하루 평범한 삶을 살았던 지희에게는 지금 이 이질적인 상황은 감당키 어려운 짐이었다.

그런 짐을 짊어진 자신을 지탱할 기둥이 필요했다.

태령은 그런 기둥 역할을 묵묵히 그리고 작은 미소까지 지어주면서 충실히 수행했다.

너무나 고마운 사람.

"오빠, 고마워."

작게 중얼거리듯이 한 말이었지만 바로 옆에 있는 태령의 귀에 안 들어갈 리가 없다.

"뭐가?"

"그냥… 옆에 있어줘서 고맙고 나 많이 좋아해 줘서 고마워."

배시시 웃는 지희의 웃음이 맑다.

"나야말로 고맙지."

"왜?"

"힘들 텐데 이겨내 가는 모습을 보여줘서 고맙고 나 같은 놈 좋아해 줘서 고맙고 이쁘고 귀여워 줘서 고맙지."

은근히 달콤한 말도 할 줄 아는 태령이었다.

물론 그런 말을 하기까지 수십 편의 드라마를 2배속으로 보아야 했던 태령의 노력도 있었다.

물론 그런 조언은 종혁의 조언이었다.

워낙에 무뚝뚝하고 여자에 대해서 숙맥인 태령이었던지라 종혁이 특별히 드라마를 몇 편 추천해 주었던 것이다.

처음에는 오글거리는 느낌 때문에 10분도 보지 못했지만, 은근히 중독성 있는 스토리와 흥미진진한 구도 때문인지 태령은 잠도 안 자고 모두 완벽히 보고 복습까지 했다.

그렇다 보니 이제는 이런 달콤한 대사 정도는 가볍게 할 수 있었다.

"우와! 오빠가 이런 말도 할 수 있었네? 맨날 목석처럼 무뚝뚝하게만 굴어서 이런 거 못할 줄 알았더니 은근히 선수셨구나?"

혀를 반쯤 빼어 물고는 히힛 하고 웃는 지희의 장난스러운 미소에 태령은 이마를 손가락을 퉁하고 튕기며 장난에

응수했다.

"아코! 아포……."

이마를 감싸고 울상을 짓는 지희는 이마에서 손을 떼고 아까 개울가에서 그랬던 것처럼 뽀뽀를 받기 위해서 눈을 감았다.

그러나 태령은 아무런 행동도 말도 없었다.

'왜 아무런 반응이 없지?'

실눈을 뜬 지희는 차갑고 냉정하게 변한 태령의 얼굴을 보았다.

그리고 황금안이 개안되어 살기와 광기로 점철된 눈동자를 보았다.

'오… 빠?'

"여긴 무슨 일이지?"

태령이 으르렁거리는 목소리로 전방을 바라보며 나지막이 물었다.

그리고 지희도 고개가 돌아가고 태령이 바라본 곳에는 한 남자가 서 있었다.

"그림 좋네요. 선남선녀가 이렇게 어울리는 커플은 굉장히 오랜만이군요."

산뜻한 미소를 지으며 태령을 향해 영국식 신사 인사를 하는 한 남자.

다행히 이곳은 사람도 없고 가게도 없는 작은 공원 근처
였다.

"넌 누구지?"

다시 한 번 태령이 으르렁거리는 목소리로 물었지만, 저
남자는 아무런 반응도 없이 그저 싱글벙글 웃고 있을 뿐이
었다.

"역시 정보가 확실하군요. 그 여학생과 여전히 같이 있는
걸 보면 서로 참 좋아하나 봅니다?"

왠지 마지막 말에서 진한 살기가 느껴진 것은 착각이었
을까?

지희는 왠지 저 남자가 굉장히 위험한 것 같았다.

사람이 아닌 것 같은 느낌.

태령의 손을 쥔 지희의 손에 힘이 들어간다.

"지희야 잠시 뒤로 가 있을래? 내 옆은 조금 위험할 것 같
아."

태령이 남자와 대화할 때와는 달리 다정하고 부드러운
목소리로 말하자 지희는 고개를 끄덕이고는 겁에 질린 표
정으로 멀찍이 떨어졌다.

"호오? 지금 그 행동은 여기서 절 죽이겠다는 뜻인가요?
하지만 힘드실 텐데요?"

명백한 도발이었다.

그러나 태령은 그런 도발에 넘어가지 않았다.

"마지막으로 묻겠다. 넌 누구지? 악마도 인간도 아닌 존재는 들어본 적도 없다."

태령은 단숨에 황금안으로 눈앞의 청년을 꿰뚫어보았다.

어디선가 본 적이 있는 듯한 얼굴이기는 하지만 그만큼 또 생소한 얼굴을 하고 있었다.

"이런이런. 저를 못 알아보시는 건가요? 이거 섭섭한데요?"

넉살 좋은 미소를 지으며 어이없다는 듯한 제스처를 취한 남자의 몸에서 살기가 순식간에 매섭게 몰아친다.

광풍이 되어 거리를 가득 메우는 살기에 태령은 마력을 이용해 지희를 살기가 휘몰아치는 공간 속에서 격리시켰다.

"역시 여자친구를 끔찍이도 여기시는군요. 하긴… 그렇지 않았다면 그날 그렇게 저 계집년을 구하러 단신으로 오지도 않았겠지. 그리고 그날 그렇게 내가 망가지지도 않았겠지!"

한 층 더욱 강렬해지는 살기의 소용돌이.

사내의 말에 태령은 문득 떠오르는 사람이 있었다.

"너는……."

"이제야 만나 뵙게 되네요. 한때나마 사시미파라는 조직의 두목이었던 고혁패이자 이제는 욕망을 먹고 강함을 영원히 추구하는 존재. 케리마입니다."

Chapter 09

일 망 타 진 을 위 한 포 석

태령은 지금 눈앞의 존재에 대해서 전혀 갈피를 잡을 수
가 없었다.

악마와 같은 기운을 풍기지만 어떤 의미로는 인간 특유
의 기운도 품고 있다.

그러면서도 둘 다 있어야 할 특유의 기운 같은 건 전혀
없다.

황금안을 더욱 강렬히 빛내며 눈앞에서 웃고 있는 케리
마를 쏘아보지만 보이는 것이 없다.

다만 케리마의 안에서 울부짖고 있는 수백의 사람과 한

마리의 반인반수가 보일 뿐이다.

"보이시나요? 제 안에서 꿈틀대는 벌레들이? 그러고 보면 전 참 좋은 일을 하고 있지 않습니까? 벌레들을 직접 나서서 처리해 주니 이 얼마나 앞장서는 희생정신인가요? 키키킥!"

태령의 황금안이 자신을 낱낱이 해부하듯이 들여다보자 등줄기가 서늘해진 케리마였지만, 겉으로는 전혀 드러내지 않았다.

다만 태령은 그것을 지나 더욱 깊은 것을 보고 있었다.

"넌… 영혼이 없군."

흠칫.

태령의 한마디에 케리마의 몸이 떨렸다.

"뭐, 뭐라고 하셨죠? 제가 잘못 들었던 것 같은데……."

"너에겐 영혼이 없다. 허한 느낌, 가지고 싶은 열망과 채우고 싶은 욕구, 채우고 채워도 먹고 먹어도 비어 있는 그 느낌은 도저히 버릴 수가 없겠지?"

태령은 비릿한 미소로 케리마를 바라보았다.

케리마의 경우가 이곳에서는 특별할지는 몰라도 태령에게는 아니었다.

영혼이 존재하지 않는 자들은 이미 많이 만나보았다.

그리고 그들은 하나같이 목표없이 무언가를 계속해서 갈

구했다.

원하고 원했으며 무언가로 채우고 싶어했다.

그들은 마계 내에서도 이터라 불렸으며 마족들조차도 피해 다닐 정도로 무시무시한 식성을 지녔다.

그리고 태령은 그런 이터를 만났던 경험이 있었고 이터들의 무리를 사냥하기도 했었다.

영혼이 없어진 존재들은 하나같이 갈구했고 그 갈구하는 힘이 커질수록 이터들은 더욱 강력한 힘을 만들어내었다.

그리고 그들은 하나같이 계약에 실패하여 영혼을 빼앗겨 버린 폐품들이었다.

"제가 영혼이 없다구요? 하핫! 웃기지 마시죠. 영혼이 없다면 지금 제 안에 움직이고 있는 이 존재들은 뭐죠? 이 존재들은 영혼이 아닌가요? 웃기는 말씀을 잘 하시는군요?"

살기가 무럭무럭 피어오르는 것이 쉽게 끝날 것 같지는 않다.

"다른 사람들의 영혼을 대신해서 메꿀 생각인 건가? 어리석군."

태령의 냉소적인 어조에 케리마는 더욱 분노했다.

"무얼 안다고 그러는 거냐! 나는 너를 저주하며 강해졌다. 두 번의 죽음을 견뎌내고 수만 번의 고통을 이겨내었다. 단 한 명, 권태령 너를 죽이고 잡아먹기 위해서 말이야.

미친 듯이 너 하나를 죽이기 위해서 달려온 나다! 그리고 이렇게 지금 이곳까지 왔다! 나를 우습게 만드는 말은 하지 마!"

태령의 앞에 서기까지 케리마는 여태까지 수십 번의 목숨의 위험에서 벗어났고, 그 과정에서 두 번의 죽음을 견뎌 내었다.

그런 자신의 과정을 우습게 여기는 듯한 태령의 말에 케리마는 진정으로 분노했다.

지금 여기서 죽어도 상관이 없으니 태령에게 목숨의 위협이 무엇인지 알려주고 싶었다.

절대적인 무력으로 인해서 죽음이라는 게 무엇인지 전혀 모를 저 인간에게 죽임이 무엇인지 고통이 무엇인지 알려주고 싶었다.

그러나 그런 케리마의 착각이었다.

케리마가 상상도 할 수 없는 고난과 역경을 마계에서 겪었던 태령이다.

하루하루 죽음에 근접하지 않은 날이 없었고, 목숨이 위험하지 않은 날이 없었다.

한낱 인간 따위의 육체로 마수들 사이에서 살아남아야 했고, 살아남기 위해서 썩어가는 마수의 시체를 퍼먹기도 했었다.

그리고 베히모스와의 정신세계에서의 대결은 인간이 상상할 수 있는 고통과 역경을 넘어선 것이었다.

그렇다 보니 지금 눈앞에서 고작 그 정도의 상처에 아프다고 발악하는 케리마가 우습기만 하다.

"고작해야 그 정도인가? 네가 말하는 대로 그렇게 죽을 똥 살 똥해서 얻은 힘이 고작해야 그 정도밖에 안 되는 것이냐?"

태령의 전신에서 마력들이 노도와 같이 일어났다.

케리마가 일으킨 살기는 순식간에 사그라져 버리고 공원 전체를 태령의 마력이 무겁게 짓누른다.

여타의 마력에 비해서 수십 배에 달하는 밀도와 무게를 가진 태령의 마력이 짓누르자 케리마는 두려워졌다.

아직은 태령에게 힘과 권능이 부족할 것이라고 생각하기는 했지만 이렇게 극심한 차이가 있을 줄은 몰랐던 케리마였다.

"크윽!"

단발마를 내뱉으며 바닥에 짓눌린 케리마는 고개조차 들 수 없었다.

그리고 바닥에 눌려 버린 케리마에게 여유롭게 다가간 태령은 그대로 케리마의 머리에 발을 올렸다.

"이대로 힘을 주면 넌 다시 죽겠지."

압도적인 무력에 의한 여유가 흐르는 말에 케리마는 초
라한 자신을 느꼈다.

예상 범위 내의 차이일 것이라 생각했던 케리마는 감히
상상도 할 수 없는 극심한 차이 앞에 좌절했다.

그러나 좌절했다고 케리마의 복수심이 사라진 것은 아니
었다.

더욱 불타오르는 복수심.

강해졌다고 자신을 위로하며 태령의 앞에 선 케리마였
다.

죽음의 경계를 넘나들며 악착같이 살아남았던 케리마였
다.

그렇게 힘을 얻은 자신이 이런 비참함을 느껴선 안된다
고 생각하자, 케리마는 안간힘을 쓰며 기운을 끌어올리기
시작했다.

"크흐흐흐… 절대 혼자 죽진 않아. 날 죽이려면 저 계집
년을 포기하는 게 좋아."

케리마의 시선이 멀리서 벌벌 떨고 있는 지희를 향했다.

"무슨 짓을 하려고 하는 거냐!"

케리마의 시선에서 불안함을 느낀 태령은 발에 힘을 주
며 케리마의 머리를 아스팔트 바닥에 묻어버렸다.

그러나 여전히 태령의 귓가에는 케리마의 웃음소리가 들

려왔다.

"너는 모를 거다. 힘이 없다는 것에 대한 비참함과 초라함을!"

악에 받쳐 외치는 케리마의 말에 태령은 속으로 코웃음을 쳤다.

왠지 지금 케리마를 자극하면 무슨 일이 터질 것 같았기 때문이었다.

"여기서 날 죽여라. 하지만 혼자서 죽진 않을 거다! 저년의 목숨도 같이 가져가겠어!"

케리마의 손이 지희를 향하고 순간적으로 뻗어 나간 한 줄기의 위태로운 에너지는 그대로 지희의 몸속으로 흡수되었다.

"무슨 짓을 한 거냐!"

지희의 몸속으로 정체를 알 수 없는 에너지가 스며들고 지희가 그대로 기절하자 태령의 발에 힘이 더욱 크게 실린다.

"지금 여기서 날 죽이면 저 여자도 죽는다! 크크크큭! 저승길에 저런 이쁜 계집이랑 가면 아랫도리가 심심하지는 않겠군."

음담패설로 자신의 초라함을 조금이나마 희석하려 하는 케리마였다.

그리고 그런 케리마의 음담패설은 태령에게 더욱 큰 분노를 불러일으켰다.

"당장 죽여 버리겠어."

서서히 태령의 다리에 힘이 들어가고 케리마의 머리가 파묻힌 곳에서 피가 조금씩 흘러나온다.

그리고 동시에 기절한 지희의 눈, 코, 입에서 피가 철철 흐르기 시작했다.

그러자 태령은 기겁하며 케리마의 머리에서 발을 떼었다.

그리고 동시에 태령의 의지에 따라 케리마를 구속하던 마력 또한 씻은 듯이 사라졌다.

"죽이겠다고 하지 않았던가? 왜 날 안 죽이는 거지? 아, 못 죽이는 건가?"

능글맞은 미소를 지으며 일어난 케리마의 얼굴은 잔뜩 짓이겨져 형체를 알아볼 수가 없었다.

그럼에도 불구하고 케리마의 입가에 그려진 미소는 지워지지 않았다.

"그런 힘을 가지고 있으면서 고작해야 저딴 벌레 같은 계집애 때문에 이런 꼴이라니 우습군."

케리마의 시선이 음욕을 가득 담고 기절한 지희를 바라본다.

“……”

태령은 순간적인 방심으로 인해서 일어난 일에 대해 아무런 말도 할 수가 없었다.

분명히 방심한 자신의 잘못이었기 때문이었다.

“크크큭! 이거이거 웃겨서 말도 안 나오는구만.”

케리마는 무엇이 그리 즐거운지 연신 웃음을 흘렸다.

그러면 그럴수록 케리마의 짓이겨진 얼굴에서는 피가 후두둑 떨어졌지만, 전혀 신경 쓰지 않는 듯했다.

“지희에게 무슨 짓을 한 거지?”

깊은 분노가 여실히 느껴지는 태령의 말에 케리마는 또다시 쿡쿡거리며 모르겠다는 제스처를 취했다.

“잘 모르겠는데? 이걸 어떡하나… 하도 많은 인간을 잡아먹어서 누구의 어떤 능력인지도 가물가물한걸?”

능글맞은 미소를 지으며 태령을 약 올리는 케리마.

태령과의 악연 중에서 처음으로 점한 우위에 케리마는 느껴본 적 없는 희열에 휩싸였다.

자신에게 고통과 절망감을 주었던 존재에게 그대로 고통을 되돌려주는 그 느낌은 정말이지 최상의 희열이다.

“크크크… 그러게 방심하시면 안 되지. 아무리 네가 날고 기어도 한 가지 약점은 있는 법이거든. 너는 너의 힘에 너무 자만하고 있어. 봐봐, 방금도 이렇게 간단한 수법에 넘어가서 약점을 노출했잖아? 그리고 너는 쓸데없이 잔인해. 곧장 죽였어야지. 안 그래?”

태령에게 절룩이며 다가온 케리마는 만신창이가 된 몸으로 움직이면서도 고통을 느끼지 않는 듯이 멀쩡하게 말을 이어나갔다.

“그렇게 자만을 부리고 오만 떠니까 이런 꼴이 나는 거야. 네 눈에는 내가 하찮은 벌레로 보이겠지. 큭큭큭, 이거 정말 너무 즐거운데?”

케리마는 태령의 뺨을 손으로 툭툭치며 도발했다.

하지만 태령은 주먹을 으스러져라 꽉 쥔 채 아무런 반응도 하지 않았다.

지금 여기서 반응하게 된다면 그에 따른 결과가 지희에게 그대로 나타나게 될 것이니 말이다.

“응? 뭐라고 말 좀 해봐!”

귀에 대고 크게 소리치며 도발을 하던 케리마는 돌연 크게 웃었다.

“크하하하하! 왜 갑자기 꿀 먹은 벙어리가 되셨나? 응? 너의 그 고고한 자존심보다 저깟 계집년이 더 중요하다 이 건가? 아! 청춘의 사랑이다 뭐, 이런 건가? 응?”

태령의 손이 부들부들 떨리고 핏줄이 터질 듯이 튀어나오지만, 결코 뻗어 나가지 않았다.

"재미없어졌구만. 뭐, 어차피 널 보고 싶다는 생각 이외의 용무로 찾아온 건 아니었으니까. 난 이만 사라져 주지. 아, 그리고 저 계집에게 내가 수작 부린 건 꽤 오래갈 거야. 내가 죽일 수 있는 건 아니지만 그만큼 고통을 줄 수도 있지. 그리고 끝까지 간다면 목숨은 나도 장담하지 못해."

마지막까지 능글맞은 미소를 지으며 사라지는 케리마를 보던 태령이 분을 못 참고 그대로 주먹으로 아스팔트 바닥을 후려친다.

쾅!

"개자식!"

황금안이 번뜩이며 살기와 광기가 여느 때와는 달리 갈무리 되지 않고 폭사된다.

안광이 번뜩이는 태령의 눈동자는 이내 지희를 발견하고 급속도로 가라앉았다.

"지, 지희야!"

바닥에 쓰러진 채 신음하고 있는 지희를 본 태령은 서둘러 지희의 옆으로 다가갔다.

"으으으……"

"정신 차려봐 지희야!"

다급하게 이름을 불러보지만 이미 제정신이 아닌 듯 지희의 손이 허공을 휘저었다.

온몸에서 식은땀을 흘리는 지희.

"안 되겠어. 미카엘라에게 데리고 가봐야겠어."

지희의 볼을 만져본 태령은 지희의 볼이 불에 덴 것처럼 뜨겁자 지희를 서둘러 안아 들고 빠르게 사라졌다.

＊　　　＊　　　＊

"역시… 내가 목표로 삼은 녀석답군. 정말 매력적인 힘이야."

형체를 알 수 없게 쓸려 버린 얼굴을 한 케리마는 혀로 입술이 있던 곳을 쓱 핥아보았다.

미칠 것 같은 고통이 몰려온다.

"키키키!"

하지만 그런 고통조차 케리마가 느끼고 있는 희열을 넘어서지는 못했다.

끊임없이 피가 뚝뚝 떨어지고 있음에도 불구하고 케리마는 전혀 개의치 않았다.

전율이 일 정도로 강력한 힘!

드라큘라 백작의 힘을 모두 얻었음에도 불구하고 전혀 상대가 되지 못했다.

'하긴… 그러니까 그렇게 간단하게 드라큘라가 당한 거

겠지?

　비참하다고 해도 과언이 아닐 정도로 망가져 있었던 드라큘라 백작의 모습을 연상한 케리마는 자신이 그렇게 망가질 수도 있었다는 생각에 더욱 큰 쾌감에 휩싸였다.

　"이번에는 정말 죽을 뻔했다고."

　몸 안에서 아우성치는 소리가 들린다.

　꺼내어 달라고 외치는 수십, 수백 명의 사람.

　하지만 케리마는 웃음으로 일관했다.

　그런 아우성이 없다면 진작에 피에 미친 살인귀가 되었을 것이다.

　몸 안에서 외쳐대는 아우성은 그에게 더없이 달콤한 멜로디였다.

　"키히히히!"

　웃음이 끊이질 않는다.

　지금 이 상황이 너무나 즐거웠다.

　그를 다시 마주하고도 살아남았다는 성취감에 즐거웠고 고심해서 생각해 내었던 함정이 먹혀들자 더욱 즐거웠다.

　지금쯤이면 태령의 얼굴은 절망감으로 물들어 있을 것이다.

　생명력을 부식시키는 능력을 가진 사탄교도를 흡수하길 잘했다고 생각하는 케리마.

　그 사탄교도는 바로 태령의 대한 정보를 케리마에게 빼앗긴 장본인이었다.

　그의 능력은 생명의 부식과 생명력 연결.

　자신이 죽는다면 그에 합당한 고통을 생명력이 연결된 사람에게 전해줄 수 있다.

　그리고 생명력 부식의 능력은 그 전제조건이 너무나 어려워 함부로 사용하기도 힘든 능력이었다.

　상대방의 정신력보다 훨씬 높은 정신력이 요구되었고 생명의 절대적인 수치가 배 이상으로 높아야 가능한 능력이었다.

　그 사탄교도에게는 있으나 마나 한 능력이었겠지만 케리마가 사용하게 되니 굉장한 능력으로 탈바꿈하게 되었다.

　이미 고통에 익숙해지고 죽음을 경험하며 견고해진 정신력을 지닌 케리마는 인간의 수준을 넘어서고 있었다.

　게다가 생명력의 절대적인 수치에 있어서는 아무도 케리마를 따라올 자가 없었다.

　그 원인은 바로 케리마의 안에 먹혀 영혼의 일부가 되어버린 존재들에 있었다.

　하나하나의 생명들이 아직 케리마의 안에서 꿈틀대고 있는 상황인지라 케리마는 그들의 생명력을 흡수해서 자신의 것으로 할 수가 있었던 것이다.

“크흐흐흐… 운이 따라주는구만.”

음침한 웃음을 연신 터뜨리며 길을 걷던 케리마는 자신을 보고 다급히 달려오는 중년의 사내를 발견했다.

“거기 청년! 어서 병원에 가세! 어쩌다 이 지경이 됐누……. 쯧쯧, 절룩이는 걸 보니까 다리도 다친 것 같은데 자, 이리 업히게. 마침 근처에 큰 병원이 있으니 데려다주겠네.”

케리마의 얼굴을 본 사람들은 비명을 지르고 도망을 가거나 모른 척하고 길을 돌아가기 바쁜 사람들이었지만 그 중년의 사내는 케리마의 상태를 보고 한걸음에 달려온 것이다.

각박한 세상에 이런 호의를 베푸는 사람을 찾기 힘들었기에 더욱 빛나는 행동이었다.

그러나 상대가 잘못되었다.

“뭐야, 이 벌레는?”

자신의 몸에 더러운 것이 묻었다고 생각한 케리마의 입에서 거친 말이 흘러나왔다.

“음?”

중년의 사내는 케리마의 반응에 놀랐다.

몸을 부들부들 떠는 것이 고통에 겨워 힘들어하는 것이라 생각했었다.

　그러나 막상 하는 말에는 고통에 여운이 하나도 담겨 있지 않았다.

　오히려 멀쩡한 사람보다도 훨씬 안정적이었다.

　"꺼져, 오늘은 기분이 좋으니까 죽이진 않을게."

　케리마는 선심을 베풀 듯이 말했지만 케리마를 돕기 위해서 왔던 아저씨는 그런 케리마의 말에 인상을 썼다.

　"도와주러 온 사람한테 그렇게 말하는 거 아니네!"

　엄한 표정으로 꾸중을 하는 아저씨지만 정작 케리마에게는 우습지도 않은 수작이었다.

　"지랄도 정도껏 하는 게 좋아. 아니면 이렇게 죽으니까."

　케리마의 손이 곧장 아저씨의 얼굴을 향해 날아가 그대로 직격했다.

　퍼석!

　마치 수박이 터지듯이 머리통이 날아가 버린 채 몸만 서서히 쓰러지는 아저씨.

　난데없는 살인에 몇 안 되는 사람들이 비명을 지르며 달아난다.

　"꺄아악!"

　"도, 도망가!"

　얼마 전에도 서울 시내에서의 대 학살극을 보았던 시민들은 또 다시 그런 일이 일어났다는 생각에 도망치기 시작했다.

한가로웠던 작은 시내에 일대 혼란이 일었다.

"크크크! 오랜만에 피맛 보는 것도 나쁘지 않겠지?"

피와 살점으로 뒤덮인 손을 혀로 핥으며 맛을 본 케리마는 달콤한 혈향에 취해 날뛰었다.

그리고 그날 시내에 나와 케리마가 있던 거리를 걸었던 사람들은 모두 케리마의 먹이가 되었다.

*　　*　　*

"어떡하면 좋죠?"

걱정스러운 표정을 한 태령이 미카엘라를 보면서 물었다.

하지만 미카엘라라고 한들 생전 처음 느껴보는 이질적인 기운에 무어라 선뜻 대답을 해줄 수가 없는 상황이었다.

게다가 오전까지만 해도 서로 알콩달콩하면서 손을 잡고 나갔던 태령과 지희였다.

그런데 채 몇 시간이 지나지 않아 태령이 엘리베이터용 탈것을 부수듯이 열고 나와 미카엘라를 급하게 찾아왔다.

품에는 지희를 안고 말이다.

처음에 보았을 때는 정말 위독해 보였다.

눈조차 제대로 감지 못하고 땀을 흘리며 괴로워하고 있는 모습은 곧 죽는다고 해도 이상할 것이 전혀 없어 보였다.

하지만 태령은 지희가 죽지는 않을 것이라 했다.

무언가 알고 있는 듯한 눈치였다.

그게 무엇인지 캐묻고 싶은 충동이 들었지만 지금 중요한 것은 지희였다.

지희는 잠재적인 현시대의 메시아였고 미카엘라, 그녀에게 가장 중요한 인물이기도 했다.

제일 먼저 미카엘라는 지희에게 무슨 일이 일어나고 있는지에 대해서 알아보기로 했다.

신성력을 불어넣어 지희의 몸을 살피던 미카엘라는 경악했다.

생전 처음 느껴보는 잡다하다는 성격이 강한 기운.

모든 것이 섞여 있는 듯한 무질서한 기운이었다.

그런 기운이 지금 지희의 생명력을 부식시키고 있었다.

기운의 정체조차 알아내지 못했던 미카엘라는 결국 최선의 방책으로 자신의 성검을 지희의 옆에 두었다.

성검 자체에 깃들어져 있는 파사의 기운은 지희의 생명력을 부식시키는 기운을 더디게 할 수 있었기 때문이었다.

그리고 성검에 깃들어진 또 다른 신성력인 생명의 기운

은 지희의 상한 생명력을 더 이상 상하지 않게 해주는 효능
을 발휘했다.

"후우… 한숨 돌렸네요."

미카엘라는 성검을 지희의 가슴 위에 올려주며 소지하고
있었던 성수를 마시게 했다.

농밀한 신성력을 깃들인 성수는 고통으로 인해서 지친
지희의 몸을 상당 부분 치유할 수 있을 것이다.

일단 급한 불은 껐다고 생각한 미카엘라는 걱정스러운
얼굴로 연신 지희의 근처에서 서성이는 태령을 보며 물었
다.

"무슨 일이 있었던 거죠?"

차가운 어조.

평소라면 태령에게 이런 어투의 말을 하지 않았을 것이
다.

하지만 지희는 미카엘라뿐만 아니라 전 세계적으로 가장
중요한 존재이다.

그런 사람이 이 지경이 되어 돌아오다니…….

차갑게 식은 미카엘라의 분노는 대단했다.

서리가 끼일 듯한 냉기를 풀풀 날리는 미카엘라의 추궁
에 태령은 케리마를 만났던 것을 말해주었다.

"설마… 그럴 리가? 어떻게 생명체가 영혼이 없을 수가

있죠?"

태령의 설명을 들은 미카엘라는 경악했다.

생명을 가진 존재라면 영혼이 없을 수가 없다.

영혼이라는 것은 생명의 가장 근본적인 것이었으니까 말이다.

그런데 태령은 지희를 이 지경으로 만든 장본인이 영혼이 없는 무수한 영혼들의 집합이라고 했다.

"그게 말이 되는 이야기인가요?"

도저히 믿어지지 않는 태령의 말에 자신도 모르게 또다시 추궁하는 말이 튀어나왔다.

"그래서 지금 제 말을 믿지 못하겠다는 겁니까? 제가 지금 거짓말을 하는 것처럼 보인다는 겁니까?"

태령도 계속해서 믿지 못하는 미카엘라에게 기분이 상한 듯 짜증이 가득한 어조로 반문했다.

"아, 아니 그런 것은 아니고… 워낙에 믿기 힘든 내용이라……."

태령의 짜증이 가득한 목소리에 금세 기가 죽어버린 미카엘라였다.

다른 세인트 가디언의 일원이 보았다면 말세라고 외치며 뛰어다닐 만한 장면이었지만 태령은 대수롭지 않게 생각했다.

태령에게는 항상 이런 약한 모습이었던 탓이었다.

"그것보다 방법이 없겠습니까? 지금은 그저 임시방편으로 때우는 것밖에 안되잖아요."

자신의 마력이 안 좋은 영향을 끼칠까 봐 차마 다가가지도 못하고 멀찍이서 서성이던 태령이 미카엘라에게 물었다.

그러나 미카엘라라고 한들 생전 처음 보는 기운에 대한 답이 있을 리가 없었다.

"그건 저도 잘 모르겠습니다. 생전 처음 보는 기운이기도 하고 신성력에 크게 반발하지도 않으면서 섞이지도 않아요."

애매한 성질을 가진 기운이었다.

그런 미카엘라의 대답을 들은 태령의 표정이 심상치 않아졌다.

"하아……."

"걱정 말아요. 교황청에 일단 보고를 올리고 지희 양의 증세에 대해서 정보를 얻어볼게요."

미카엘라가 안절부절 못하는 태령을 진정시키듯이 말하며 태령의 어깨에 손을 올렸다.

"그럼 그렇게라도 해주세요. 얼마나 걸릴까요?"

"길어야 3일. 짧으면 2일 정도 걸립니다."

　확신에 찬 미카엘라의 말에 태령은 3일이라는 시간도 길다고 생각했다.

　하지만 그래도 그것이 가장 최선의 방책이라는 것을 아는 태령은 참을 수밖에 없었다.

　"그럼 부탁드리겠습니다."

　태령이 고개까지 숙이며 부탁하자 미카엘라는 손사래를 쳤다.

　"아니요, 오히려 저희가 나서야 하는 상황인걸요. 게다가 태령씨도 별수 없는 상황이었잖아요. 갑작스레 나타난 데다가 미리 지희 씨에게 수작을 부려뒀을 줄 누가 알았겠어요."

　태령을 위로하기 위해서 하는 말이었지만 사실이기도 했다.

　사실 케리마는 처음 태령을 만나 살기를 퍼뜨리면서 생명력 부식 능력을 은연중에 깔아두었었다.

　그것을 눈치채지 못하게 하기 위해서 태령을 도발했고 그의 작전은 멋지게 먹힌 것이다.

　간단한 함정이었지만 걸려들지 않을 수가 없었다.

　미카엘라는 상심하고 있는 태령을 안쓰럽게 바라보았다.

　아까는 자신도 모르게 화를 내고 말았지만 아무리 태령이라고 해도 어쩔 수 없는 상황은 어쩔 수 없는 상황이었기 때문이었다.

"힘내요. 방법이 있을 거니까."

자신 있는 말로 태령을 위로한 미카엘라는 지희의 곁에 태령을 두고 먼저 일어났다.

힘없이 있는 태령의 모습을 보기 싫었던 이유도 있지만, 일단은 급한 것이 지희였기 때문이었다.

"그럼 전 이만 가볼게요. 무슨 문제가 있으면 제 방으로 와주세요."

"예, 알겠습니다."

건성으로 대답하는 태령의 시선은 여전히 지희를 향해 있었다.

Chapter
10
성물

태령과 케리마의 충돌이 있은 지 일주일이 지났다.

여전히 지희는 생명이 위태로운 상황이었고 태령은 일주일 동안 지희의 옆을 떠나지 않았다.

매일같이 지희가 잠들어 있는 방안에서 지희를 바라보며 지희의 증세가 호전되기를 기다렸다.

하지만 케리마가 남겨둔 생명 부식의 저주는 결코 약해지지 않았다.

오히려 이제는 케리마 특유의 기운이 가진 특성을 발휘하며 조금씩 신성력을 먹어치우는 중이었다.

물론 지희의 몸 위에 얹어진 성검에서 흘러나오는 막대한 양의 신성력을 생각해본다면 아무런 문제가 되지 않을 상황이지만, 케리마가 남겨둔 기운이 먹어치우는 신성력의 양이 점차 증가하고 있는 것이 문제였다.

차마 바로 옆으로 가주지는 못하고 멀리서나마 지희를 걱정스레 바라보고 있던 태령은 착잡한 심경을 감추지 못했다.

'한순간의 방심, 그것 때문에 이런 일이 벌어지다니……'

태령은 어이없이 케리마의 함정에 걸려든 자신이 이해가 되지 않았다.

어째서 그렇게 쉽게 걸려들었던 것일까?

스스로 자문을 해봤다.

답은 나오지 않았다.

이미 산전수전을 다 겪었던 태령이다.

아무리 알아채기 힘든 함정이었다고 해도 애초에 그런 함정에 걸릴 리가 없는 경험이 있다.

그런데도 어째서 케리마의 함정에 걸려든 것일까?

그 이유는 바로 케리마의 도발에 있었다.

태령은 케리마의 도발에 반응하지 않았다고 생각했겠지만 태령은 은연중에 케리마의 말에 넘어가고 있었던 것이다.

그렇기에 케리마는 능수능란하게 작은 틈을 만들었고 함정은 멋지게 성공했다.

"후우……."

태령은 손목에 차고 있던 시계를 들여다보았다.

미카엘라와 같이 시내로 나가서 시선을 끌기로 한 날.

곧 있으면 미카엘라가 이곳으로 올 것이다.

"오늘은 내가 먼저 가야겠네. 지희야, 다녀올게."

지희와 멀찍이 떨어져 지희를 바라보고 있던 태령은 문을 열고 나왔다.

그리고 미카엘라의 사무실이 있는 곳을 향해서 걸어갔다.

똑똑똑.

"들어오세요."

미카엘라가 쉬고 있는 사무실의 문 앞에 도착한 태령은 들어가기 전에 앞서 노크를 했다.

그리고 얼마 뒤에 미카엘라의 목소리가 들렸다.

왠지 숨이 차 있는 듯한 목소리였다.

"그럼 들어가겠습니다."

딸깍 하는 소리와 함께 미카엘라의 사무실 안으로 들어선 태령은 어느새 화려한 복장을 한 미카엘라를 발견할 수 있었다.

추운 날임에도 불구하고 하의로는 핫팬츠, 상의로는 허벅지까지 내려오는 큰 니트를 입고 있었다. 그리고 그 위로 갈색 야상을 걸친 과감한 옷차림.

태령은 그런 미카엘라의 모습에 깜짝 놀랐다.

항상 같이 시내로 사탄교의 시선을 끌기 위해서 나갈 때면 지희의 모습으로 변해 있었고, 그렇지 않을 때면 항상 푸른 빛이 감도는 갑옷을 입고 있는 미카엘라의 모습만 봐 왔던 탓이었다.

그런데 갑자기 미카엘라가 저렇게 옷을 입고 있으니 못 보던 모습에 놀란 태령은 순간적으로 멍해졌다.

평소라면 항상 차가운 인상과 함께 고고한 모습만 보이고, 전신을 가리는 갑옷 덕에 딱딱한 느낌만을 풍기던 미카엘라가 지금은 아름다워 보였다.

미카엘라의 금발 머리와 귀엽게 입은 의상을 보고 태령은 실소했다.

안 어울릴 것으로 생각했는데 이렇게 입은 모습을 보니 어울리기도 한다.

물론 워낙에 미카엘라의 외모가 아름답기도 했기에 가능한 것이다.

새삼 패션의 완성은 얼굴이라는 말을 느낀 태령이었다.

태령이 그런 말을 할 입장은 아니었지만 말이다.

어떤 옷을 입어도 훌륭하게 소화해 내는 태령의 외견도 미카엘라에 견주어 크게 부족함이 없었다.

"인터넷에서 한국 여고생들이 입는 옷을 찾아서 입어본 건데 조금 이상한가요?"

사실 미카엘라는 일부러 태령이 오기 전까지 지희의 모습으로 변하지 않고 있었다.

항상 세인트 가디언의 수장으로서 신의 기사가 착용해야 하는 갑옷을 입은 모습만을 보였던 미카엘라는 이런 옷을 입은 자신의 모습을 보여주고 싶기도 했다.

왜 그런 생각이 들었는지 자신도 모르겠지만 보여주고 싶었다.

태령에게 미카엘라는 여자로 보이고 싶었는지도 모른다.

생전 처음 느끼는 감정이었기에 더욱 순수해진 미카엘라는 태령의 반응이 이상한 것을 눈치채고는 얼굴이 붉게 달아올랐다.

잡티하나 없던 미카엘라의 피부가 붉게 달아오르자 분홍색 복숭아처럼 변했다.

태령은 그런 미카엘라에게 자신의 반응이 실례가 된다고 생각하고 서둘러 변명을 늘어놓았다.

"아, 안 어울리는 건 아니고 항상 갑옷 입은 모습만 보다

가 이렇게 보니까 미카엘라 씨도 이런 옷을 입으면 잘 어울
린다고 생각해서요.”

그런 태령의 말에 미카엘라는 다시 얼굴이 붉어졌다.

‘왜 저러시는 거지?’

태령으로서는 미카엘라의 마음을 모르기에 미카엘라의
저런 반응이 이상하기만 했다.

“얼른 나가죠.”

태령은 오늘따라 이상한 미카엘라의 모습에 그저 그러려
니 하고는 사무실을 나갔다.

“후우… 다행이다.”

긴장했던 몸이 풀리면서 미카엘라는 두근거리는 가슴에
손을 얹으며 중얼거렸다.

그리고 태령에게 여자로 보인 것 같아서 기쁘기도 했다.

그러나 조금씩 변해가는 자신의 모습이 낯설기도 했다.

태령을 만나면서 조금씩 변해가는 모습을 보며 미카엘라
는 당황스러웠다.

태령을 볼 때마다 자신도 모르게 머리를 정리하고 있었
고 잘 보이기 위해서 갑옷을 정성스레 닦기도 했다.

비록 지희의 모습이기는 했지만 태령과 같이 잠깐이나마
밖에 있을 때는 심장이 두근두근 거려 터질 것만 같았다.

생전 이런 감정을 느껴본 적 없이 항상 신의 기사로서 살

아왔던 미카엘라는 이런 감정에 어떻게 대처해야 하는지 몰랐다.

다만 지금은 왠지 감정에 따라 행동해야 할 것 같은 느낌이었다.

자그마한 미소를 지은 미카엘라는 설레는 마음을 안고 사무실의 밖으로 나섰다.

＊   ＊   ＊

"목표물 접근 중. 대기조 자연스럽게 접근하라."

사람들이 많은 부산의 시내 한복판.

태령과 지희의 모습을 한 미카엘라는 사람들의 시선이 없는 곳만을 골라서 돌아다니며 생필품을 사는 모습을 연출하고 있었다.

그리고 그런 태령이와 미카엘라를 예의 주시하고 있는 다섯 명의 사람들.

다섯 명의 사람들 중 한 명이 수신호를 어딘가로 보내자, 태령과 지희의 모습을 한 미카엘라의 주변에 얼마 없던 사람들이 조금씩 늘어나기 시작했다.

"우리들의 임무는 시간을 끌면서 그분들이 오시는 걸 기다리는 거다. 우리는 시간만 끌면 된다."

　태령의 주변에 있던 사람들에 머릿속으로 멀리서 태령과 미카엘라를 주시하던 사람이 메시지를 보내어 작전 내용을 상기시켰다.

　"한 치의 실수도 용납되지 않는다. 상대는 백작급의 악마를 소멸시킨 강자. 모두 목숨을 아까워하지 말고 작전에 임하라."

　그 말을 마지막으로 끊긴 메시지에 태령과 미카엘라의 주변에 서서히 몰려든 사람들의 눈빛이 더욱 무거워졌다.

　시내의 한복판이지만, 약간은 구석진 곳에 자리 잡아 장사도 힘들어 보이는 편의점에 갑자기 손님들이 열 명가량이나 들이닥쳤다. 그러자 편의점 아르바이트생은 귀찮은 티를 팍팍 내면서도 눈을 부라리며 물건을 훔쳐가는 사람이 없는지 사람들을 살피고 있었다.

　'흠… 왜 갑자기 사람들이 몰려들었지? 근처에서 촬영 같은 거 하나?'

　편하게 쉬고 있던 편의점 아르바이트생은 갑작스레 몰려든 손님 때문에 휴식 시간이 망가진 것에 대해서 짜증을 내고 있었다.

　지금부터 편의점에서 어떤 상황이 벌어질 예정인지도 모르고 말이다.

　"이런 게 필요할까?"

태령과 미카엘라는 편의점 내에서도 생필품이 진열되어
있는 곳을 서성이고 있었다.

"아무래도 필요할 것 같아."

목소리마저 완벽히 지희의 목소리로 변한 미카엘라는 진
짜로 태령과 물건을 사러 나온 사람처럼 고심하는 체 하면
서 대답했다.

[오늘이 날인 것 같은데요?]

태령이 마력을 이용해 미카엘라에게 말을 걸었다.

그러자 미카엘라 또한 고개를 끄덕였다.

[일단 편의점을 나가서 으슥한 곳으로 끌어들이죠.]

태령은 주변에 최대한 피해가 없게 하려 했다.

하지만 왠지 물건을 고르는 척하며 태령과 미카엘라에게
다가오는 사람들은 그럴 생각이 없는 듯했다.

[저들은 그럴 생각이 없나 본데요?]

미카엘라는 작은 웃음을 띠며 태령을 바라보았다.

잔뜩 긴장한 것이 여실히 그대로 눈에 드러나 보인다.

태령과 지희가 얼마나 중요한 인물인지 그들도 잘 아는
데 저런 초짜들을 보낼 리가 없다고 생각한 미카엘라와 태
령은 이들이 단순히 시간 끌기에 불과하다는 것을 추측해
내었다.

"아 혹시 이 동네 사시는 분이신가요?"

한참 물건을 고르는듯하던 예쁘장한 외모의 이십대 중반 여자가 태령에게 접근하면서 말을 걸어왔다.

순간적으로 미카엘라의 눈에서 불똥이 튀었지만, 다행히 태령이나 그 여자는 미카엘라의 불편한 심기를 눈치채지 못했다.

“저희가 이곳에 겨울 바다를 보러 놀러 왔는데 같이 다니실래요?”

옆에 여자가 있음에도 불구하고 저런 이야기를 하는 것을 보니 제법 자신의 외모에 자신이 있는 듯했다.

물론 여자가 사탄교도가 아니라면 상당히 무례한 일이었겠지만 그녀가 사탄교도라는 것을 눈치챈 태령은 환한 미소를 지으며 여자를 바라보았다.

“이곳 잘 모르시나 보네요? 근데 죄송하지만 제가 지금 여자친구와 같이 있어서요. 정말 죄송합니다.”

태령의 말에 얼굴이 붉어지는 미카엘라였다.

비록 이 상황이 연기이기는 하지만 어느덧 진심으로 태령을 대하고 있던 미카엘라는 가슴이 설레었다.

그런 미카엘라와는 달리 태령은 속에서 치밀어 오르는 살기를 억누르며 입가에 싸늘한 미소를 짓고 있었다.

주변에 있는 사탄교도들은 다정해 보이는 미소로 착각했지만 말이다.

“그럼 어쩔 수 없네요.”

태령의 거절에 뒤로 돌아선 여자는 순간적으로 주머니에 찔러넣었던 손에서 무언가를 꺼내어 태령에게 휘둘렀다.

“이익!”

그런 기습 따위에 당할 태령이 아니다.

가볍게 손을 잡아챈 태령은 그 여자를 싸늘하게 바라보았다.

“작전 개시.”

멀리서 바라보던 사람이 메시지를 보내자 편의점 안은 순식간에 난장판이 되었다.

10명에 달하는 능력자들이 순식간에 태령을 향해서 공격을 퍼부었던 것이다.

“쓰레기들.”

싸늘한 한마디와 함께 태령에게 몰아친 공격들이 허공에서 터져버렸다.

열 개에 달하는 에너지탄이 터져버리고 그 속에서 능력자의 수작인지 수십 개의 가시들이 태령을 향해서 내리꽂혔다.

그러나 모든 가시는 태령이 손을 한 번 가볍게 휘젓는 것으로 무마되었다.

“끄아아악!”

갑작스레 터지는 에너지탄들이 편의점에 진열되어 있던 물건들을 모조리 터뜨려버렸고, 짜증이 가득했던 편의점 아르바이트생은 카운터 아래로 몸을 피하며 놀라 소리를 질렀다.

그와 동시에 편의점 안 가득 검은 안개가 끼기 시작했다.

태령의 시야를 가리고 지희를 납치하려는 사탄교도들의 속셈이었다.

"서둘러!"

10여 명의 사람들 중 대부분이 태령을 향해 시야를 가리는 공격을 퍼부었고, 그중에 한 명만이 빠르게 지희로 변장한 미카엘라를 옆구리에 끼고 편의점을 나갔다.

"후욱, 후욱."

거친 숨을 몰아쉬는 사탄교도들은 지희를 빼돌린 것을 확인하자 다들 빠르게 편의점에서 뛰쳐나갔다.

마지막으로 뛰쳐나가는 사탄교도는 편의점을 나가는 순간 자신의 머리통을 잡는 손길에 소스라치게 놀랐다.

아무리 강한 존재라고 해도 나름대로 인정을 받는 교도들인 자신들의 공격을 그렇게 근거리에서 모두 받아내고도 살아 있다는 사실에 놀란 것이다.

"어딜 가려는 거지?"

뒤를 돌아보자 먼지 하나 묻지 않은 태령이 싸늘한 미소를 지으며 사탄교도의 머리통을 붙잡고 있었다.

"살려 줘어!"

죽음에 대한 공포에 살려달라고 멀어지는 다른 사탄교도들에게 외쳤지만 묵살 당했다.

"흐극!"

돌아오지 않는 동료에게 배신감을 느끼며 뒤를 돌아보는 사탄교도의 눈에는 공포가 깃들어 있다.

"죽이지는 않겠어. 다만 죽는 게 나을 거라 생각하게 될 거야."

잔혹한 말이 끝나자마자 태령은 인정사정없이 마력을 사탄교도의 몸 안으로 밀어 넣어버렸다.

"으그그극! 커헉!"

마력들이 날뜀과 동시에 입으로 피를 한 사발 토하면서 경련을 일으키는 사탄교도를 아무렇게나 집어던지며 태령은 주위를 돌아보았다.

수십 명의 사람들이 갑작스레 들린 폭발음에 편의점을 피해 달아나고 있었고, 미처 달아나지 못한 사람들도 이내 피를 토하는 사탄교도의 모습을 발견하곤 비명을 지르며 달아나고 있었다.

일반 시민에게는 사탄교도든 한이든 똑같은 살인자들일 뿐이었다.

"얼마 가지도 못했겠군."

태령은 순식간에 빠르게 멀어지고 있는 사탄교도들을 따라잡기 위해서 땅을 박차고 앞으로 쏘아져 나갔다.

＊　　　＊　　　＊

미카엘라는 지금 열심히 연기를 하고 있는 중이다.

이름 모를 사탄교도의 옆구리에 끼인 채 어디론가로 끌려가고 있는 미카엘라는 그들에게서 느껴지는 역한 기운에 참지 못하고 신성력을 발휘해 버릴뻔 했지만, 초인적인 인내심을 발휘하며 참는 중이었다.

덤으로 굉장히 불안한 것처럼 표정 연기도 펼치고 있는 중이었다.

태령이 드라마를 볼 때 옆에서 같이 본 게 도움이 컸다.

연기자들의 연기를 떠올리며 연기를 하는 미카엘라의 모습은 겁을 집어먹은 지희의 모습을 그대로 베껴내었다.

"큭큭! 이렇게 간단한 걸 왜 실패했던 거지?"

한 사탄교도가 어이없다는 듯이 웃으면서 이번 작전의 성공이 기정사실화 된 듯 말했다.

주변 사탄교도들은 연신 주위를 두리번 거리면서도 그런 그의 말에 동의했다.

“그러게 말이야. 장로씩이나 되는 사람이 저번 작전에 투입됐었다면서? 그리고 그 아이언 마스터도 투입됐었다던데?”

“그날 완전 쳐발리고 도망온 거 모르냐? 그러면서도 으스대는 꼴이라니…….”

작전이 아직 끝나지도 않은 상황에서 이런 대화를 하는 사탄교도들이 한심하게 느껴지는 상황이었다.

이런 수준미달의 사탄교도들을 시켜서 귀족급 악마도 우습게 여기는 태령에게서 지희를 납치하게 하는 작전을 펼칠 것이라고는 생각도 하지 못했다.

지금 미카엘라를 납치해서 어디론가로 가고 있는 사탄교도들의 실력은 잘 쳐줘 봐야 B급일 뿐이었다.

내심 어이가 없어지는 순간이었다.

“그런데 왜 우리보고 이 년을 데리고 부둣가로 가라고 한 거야? 차라리 워프존으로 이동시켜서 워프타고 지부로 이동하면 빠를 텐데?”

자신을 옆구리에 끼고 달리는 사탄교도의 말에 미카엘라는 순간적으로 심장이 덜컹했다.

수준 이하의 사탄교도들의 습격.

그리고 사탄교도들은 지금 자신을 데리고 준비되어 있던 워프존이 아니라 사람들이 없는 부둣가로 달리고 있다.

'이건 함정이다! 비밀 지부가 위험해!'

순간적으로 미카엘라는 이들이 미끼였음을 깨달았다.

지금 지부에는 백호상과 무룡, 제인이 있기는 하지만 악동과 아이언 마스터라 불리는 네거 잭 슈날드를 막기에는 부족했다.

다급해진 미카엘라는 한 치의 망설임도 없이 신성력을 폭발시키며 자신을 옆구리에 끼고 달리던 사탄교도를 건물의 옥상에서 추락시켜버렸다.

"뭐, 뭐야!"

"저년 뭔가 이상해!"

사탄교도들은 겁먹은 표정으로 연신 발버둥치던 지희가 갑자기 싸늘해진 표정으로 신성력을 발휘하자 깜짝 놀랐다.

"저거 미친 거 아니야?"

순간 욱하는 마음이 드는 미카엘라였지만 이내 빠르게 정리하기로 한다.

"일단 잡아!"

득달같이 달려드는 사탄교도들.

미카엘라는 눈을 감고 검을 쥐는 기수식을 취한다.

그리고 동시에 미카엘라의 손에는 신성력으로 만들어진 홀리 소드가 쥐어졌다.

극도의 수련을 거쳐 만들어지는 홀리 웨펀.

세인트 가디언 내에서도 5명밖에 사용하지 못하는 홀리 웨펀이 미카엘라의 손에 쥐어졌고, 한 번의 휘두름으로 득달같이 달려들던 사탄교도들이 몽땅 두 동강이 나 아래로 추락했다.

미카엘라 또한 옥상에 착지한 뒤 입고 있던 야상 외투에서 핸드폰을 꺼내어 태령에게 전화를 걸었다.

그 쪽은 그 쪽 나름대로 사탄교도들이 태령의 시선을 흐리기 위해서 달려들고 있을 것이라 생각했기에 태령이 도착하기를 기다리지 않고 전화를 건 것이다.

"여보세요?"

미카엘라는 핸드폰에서 태령의 목소리가 들림과 동시에 뒤에서도 들리자 뒤를 돌아보았다.

그러자 미카엘라의 뒤에는 온몸에 피 칠갑을 한 태령의 모습이 보였다.

무슨 일이 있었는지 온몸에 피를 흠뻑 뒤집어쓴 태태령의 눈동자는 벌써 황금색으로 빛나고 있었다.

무슨 일이 있었냐고 묻고 싶고 다친 곳이 있느냐고 묻고 싶지만 태령이 조무래기들에게 다칠 위인이 아니라고 생각한 미카엘라는 일단 급한 이야기를 먼저 했다.

"비밀 지부가 위험해요! 저들이 우리가 함정을 깔아둔 것을 눈치챘어요."

"알고 있습니다. 서두르죠."

태령은 살기가 번뜩이는 눈동자를 비밀지부가 있는 야산으로 고정하고는 미카엘라를 번쩍 안아 들었다.

"뭣, 뭐……."

미카엘라는 갑작스러운 태령의 행동에 놀랐지만 거부하지도 않았다.

"그럼 꽉 잡으세요."

태령의 고저가 없는 목소리가 들리고 세상이 변했다.

한 번의 도약으로 세상이 뒤로 쭉쭉 밀린다.

그리고 강력한 바람의 저항이 느껴진다.

그야말로 전광석화와 같은 속도였다.

마력을 풀가동해서 달리는 태령의 속도는 육안으로 확인하기도 힘들었다.

무언가가 지나갔다고 생각하기도 전에 이미 멀어지는 속도.

그런 만큼 태령의 마음이 조급해졌다는 것을 반영하기도 했다.

＊　　＊　　＊

이름 없는 야산.

인적도 없고 인가도 없는 그런 한적한 야산의 지하에서 지금 큰 소동이 일고 있었다.

수십 명의 사람들이 흘리는 피가 시내를 이루듯이 흘러가고 있고 지하 내부에는 불길이 피어올라 있었다.

그리고 그 연기는 야산의 구석에 지어진 허름한 흉가로 빠져나오고 있었고 빠져나오지 못한 연기는 아직까지 살아남은 사람들의 숨통을 조이고 있었다.

"잘도 이런 곳에 숨어들 있으셨구나?"

지옥도를 방불케 하는 한의 비밀지부 내의 복도에서 작은 꼬마아이가 총총거리는 걸음으로 장난치고 있었다.

바닥에 고여 있는 핏물이 어린아이의 발장난으로 인해서 차박차박 하며 주위에 튀고 있다.

그리고 그런 어린아이의 뒤 쪽에서 걸어오고 있는 한 인영.

묵빛이 감도는 철 갑옷을 입은 기사는 걸을 때마다 철그렁거리는 소리를 내며 묵묵히 걷고 있었다.

그리고 그 기사의 손에 들려진 할버드에는 따뜻한 핏물이 아직 채 온기가 가시지도 않은 채 방울방울 떨어지고 있었다.

"여기는 꽤 재밌는 것 같아. 나름대로 발악하는 모습을 봐주는 재미도 있고 말이야. 그렇지 않아?”

어린 아이가 뒤를 돌아보며 동의를 구하자 묵빛의 철 갑옷을 입은 기사의 안광이 붉게 빛났다.

“그보다 그가 오기 전에 메시아를 찾아야 한다.”

고저가 없는 마치 기계음과 같은 목소리로 대답한 기사는 돌연 걸음을 멈추었다.

“으으, 재미없는 고철 덩어리 같으니라고!”

“그만, 앞에 누군가 있다.”

“나도 알고 있어. 하얀 호랭이 아저씨? 얼른 나와요!”

묵빛의 갑옷을 입은 기사, 네거 잭 슈날드가 할버드를 들어 한 방향을 가리키자 마냥 천진난만한 어린아이, 악동 장로 또한 그쪽을 바라보았다.

“역시… 그대들이었구만. 하기는… 한국에 있는 존재 중에서 이곳을 이렇게 만들만한 실력자가 사탄교에 그대들 말고 있을 리가 없지.”

네거 잭 슈날드가 들어올린 할버드가 가리킨 방향에서 세 명의 인영이 드러났다.

불길 속을 아무렇지도 않게 걸어나온 세 명의 인영은 바로 제인과 무룡, 마지막으로 한의 수장인 백호상이었다.

“그보다 하얀 호랭이 아저씨라니? 몇백 년을 살아오신 할아버지한테 들을 소리가 아닌걸? 아저씨라고 하면 듣는 아저씨 기분 나쁘다는 말은 못 들어보셨나?"

능글맞은 대꾸를 하며 나오는 백호상의 표정은 말과는 달리 굉장히 굳어져 있었다.

"그쪽도 할아버지, 할아버지 하지 마. 듣는 할아버지 기분 나쁘다고!"

혀를 빼어물고 메롱을 하며 마냥 어린아이 같은 행동으로 백호상을 놀리는 악동.

그런 그들의 대화와는 달리 둘 사이에는 팽팽한 살기가 맴돌았다.

"이곳에는 지금 너희가 찾고 있는 사람은 없다. 지금 태령 군과 외출 중이니까 말이야."

"흥! 그런 수작에 넘어갈 것 같아? 우리를 너무 만만하게 보는 거 아니야? 우리가 그런 수작거리도 모를 줄 알았어? 이거 섭섭한걸?"

악동의 장난기가 어린 말에 백호상의 표정이 더욱 굳어진다.

"지금 밖에 있는 메시아 모습을 한 년은 분명히 미카엘라 그년이겠지?"

백호상은 악동의 물음에 아무런 말도 할 수가 없었다.

그 때 옆에서 가만히 있던 제인이 나섰다.

"그걸 어떻게 안 거지?"

"어딜 가나 첩자는 있기 마련인 거 모르시나? 간단해. 여기도 첩자가 있었던 거지 뭐."

아무 일도 아니라는 듯이 대수롭지 않게 말하는 악동과는 달리 무룡을 비롯한 백호상은 아직도 남아 있을 사탄교의 첩자들이 한에서 정보를 빼내고 있다는 사실에 마음이 착잡해졌다.

"여튼 이곳에는 없으니 이만 행패 부리고 그만 돌아가 주시겠나?"

백호상의 온몸에서 흰 기운이 아지랑이가 되어 피어오르기 시작하고 악동의 몸에서 검은 에너지가 유형화되어 아지랑이가 되어 피어오른다.

"있는지 없는지는 내가 직접 둘러보고 결정할 거야."

"이것 참, 말 안 듣는 어린 아이구만, 혼 좀 나야겠는걸?"

백호상의 도발이 이어지자 악동의 표정이 싸늘히 굳었다.

"잭, 가서 저 둘만 죽여봐. 저 하얀 호랭이는 내가 죽일 테니까."

혀로 붉은 입술을 쓰윽 핥으며 입맛을 다시는 악동.

말이 끝나자마자 네거 잭 슈날드의 할버드가 전광석화처럼 빠르게 두 번의 찌르기를 했다.

"칫!"

제인과 무룡은 그런 네거 잭 슈날드의 할버드를 가볍게 피해내면서 다른 쪽으로 빠졌다.

"심심하지는 않겠군."

네거 잭 슈날드는 날렵한 제인과 무룡의 몸놀림에 상당한 실력자들이라는 것을 깨닫고 할버드를 어깨에 올린 채 그 둘의 앞으로 걸어 나갔다.

"나는 아이언 마스터 네거 잭 슈날드. 현 지옥의 철의 악마공작의 클론이다."

오른손을 왼쪽 가슴께에 얹으면서 자신을 밝히는 네거 잭 슈날드.

그리고는 할버드를 들어 제인과 무룡을 가리킨다.

스스로 소개하라는 무언의 요구였다.

"뭐… 정의의 용사 정도로 해두지."

여태껏 조용히 침묵을 고수하던 무룡이 권강을 주먹과 발에 형성시키며 작게 중얼거렸다.

쾅!

그리고 휘둘러진 무룡의 권강은 할버드의 창대를 후려쳤고 네거 잭 슈날드는 그대로 그 충격을 이용해 할버드를 돌리며 제인을 공격해들어갔다.

본격적으로 전투를 시작하는 둘의 모습을 본 백호상과 악동의 전투도 곧 이어졌다.

“벌써 저쪽은 시작한 것 같은데? 우리도 서두르자고.”

악동의 모습이 백호상의 앞에서 사라지고 백호상 또한 하얀 아지랑이를 잔상으로 모습을 감추었다.

Chapter
11
봉인해제

태령이 비밀지부에 도착했다.

미카엘라를 안은 채 그는 서둘러 비밀지부 안으로 들어 갔다.

밖에서 봐도 안의 상황이 보일 만큼 명확한, 매캐한 연기 가 흘러나오고 있었다.

발걸음은 더욱 빨라졌다.

"먼저 들어가겠습니다."

미카엘라가 걸리적거려 태령은 속도가 나지 않았다. 그 즉각 미카엘라를 내팽개쳤다.

그는 뒤도 돌아보지 않고 비밀지부 안으로 진입했다.

미카엘라도 무작정 쓰러져 있지 않았다.

부웅!

그녀의 손에 홀리 소드가 생성되었다.

"뒤처지면 안 돼."

먼저 뛰어 들어간 태령을 보조해야 한다.

그녀도 푸른 갑옷을 찾으러 비밀 지부 안으로 뛰어들었다.

태령은 최대한 빠른 속도로 지희가 있는 곳을 향해서 달리고 있었다.

지희가 있는 곳은 비밀 지부 내에서도 찾기 힘든 공간이었다.

환상 마법도 아닌 진법으로 감추어둔 길.

그리고 그런 길을 지나면서 정해진 곳에서 진각을 굴러야 숨겨진 기관이 작동하면서 지희가 있는 방으로 갈 수 있게 된다.

아무리 뛰어난 실력자들이라고 해도 이 비밀지부 내의 지희를 찾는 것은 아마 불가능할 것이다.

그렇게 생각한 태령은 일단 지희가 무사한지부터 알아야 했다.

일단 침입을 했다면 침입의 흔적이 있을 터.

그 앞에서 확인을 해보고, 침입한 적들의 시선을 끌어모
아 다른 곳으로 유인해 낸 뒤 곧바로 몰살시켜 버릴 생각이
었다.

지희만 그 모습을 보지 않으면 된다.

태령을 빠르게 이동했다.

비밀 지부 안에서는 이미 능력자들과 사탄교도들이 전투
중이었다.

곳곳에서 비명 소리와 파괴음이 연달아 들려왔다.

태령은 복도를 지나며 결코 손을 놀리지 않았다.

촤작!

그가 지나갈 때마다 사탄교도들이 목줄기에서 쏟아지는
피를 부여잡으며 쓰러졌다.

그가 지나가면서 사탄교도들의 목을 손으로 잡아뜯고 있
는 것이다.

마치 단검으로 목을 베고 지나가는 암살자를 연상케 하
는 태령이었다.

능력자들을 학살하던 사탄교도들의 피가 태령의 몸에 닿
지도 못하고 허공에 뿌려진다.

그렇게 얼마를 달렸을까?

태령은 갑자기 비밀 지부 내의 복도들이 아지랑이처럼
흔들리는 것을 느꼈다.

"설마……."

달려가던 태령은 비밀 지부 전체에 설치되어 있는 기관들이 전부 작동하고 있음을 깨달았다.

얼마 전 백호상이 자랑하듯이 한 말이 떠올랐다.

"해리포터라는 영화를 본 적이 있나?"

"아뇨. 영화를 별로 좋아하지 않아서……."

"에잉, 그럼 거기에 나오는 매번 바뀌는 계단 같은 것도 모르겠구만."

한창 자랑하려는 백호상의 모습에 태령은 그냥 자리를 뜨려고 했다.

하지만 중요한 이야기라며 자신을 잡고 늘어지는 백호상에 못 이겨 태령은 이야기를 들어주었었다.

"그 영화를 보다 보면 마법사들이 다니는 학교의 계단이 매번 바뀌어서 침입자를 당황하게 만드는 장면이 있다네. 굉장히 멋지더구만! 그래서 나도 여기에 비슷한 걸 만들어뒀네. 위급한 상황이 되면 적들을 여기에 가둬버릴 수 있게 길들을 수시로 바꾸는 기관인 거지."

그 이후로도 백호상이 비밀 지부에 대해서 하는 자랑을 삼십 분 가량 더 듣기는 했지만 크게 귀담아듣지 않은 탓에 기억이 흐릿하다.

지금은 그때의 행동이 후회스럽다.

"젠장!"

드그그궁!

기관이 돌아가는 소리가 들렸다.

복도들의 모습이 변하고 있었다.

그 변화가 끝나기를 초조한 마음으로 기다리다가 태령이 곧바로 뛰었다.

이미 바뀌어 버려서 다시 길을 찾기는 늦었다.

그는 미카엘라의 사무실을 향해서 뛰었다.

미카엘라라면 지금 바뀌는 길에 대해서도 숙지하고 있을 것이라고 생각한 탓이었다.

"서두르자. 또 바뀌면 그 때는 진짜 못 찾을 테니까."

지희나 미카엘라의 기운 정도는 느낄 수 있다.

하지만 그것도 외부에서나 가능한 것이지 이 안에서는 불가능하다.

비밀 지부 전체에 능력자들의 기운을 숨기는 장치가 되어 있기 때문이다.

결국 아무리 태령이라도 일일이 뛰어다니며 미카엘라를

찾아야 했다.

얼마나 달렸을까?

곳곳에 보이던 사탄교도들을 모두 처리한 태령은 미카엘라의 사무실까지의 길이 바뀌기 전에 도착했다.

문은 이미 사라진 지 오래인 미카엘라의 사무실.

그리고 그 안에는 아까 입었던 평복은 사라지고 푸른 빛이 성스러운 갑옷을 입은 미카엘라가 홀리 소드를 들고 서 있었다.

얼굴에 튄 피마저 아름답고 성스러워지는 미카엘라의 분위기.

“지희 양에게 간 거 아니셨어요?”

미카엘라는 태령이 갑자기 모습을 드러내자 서둘러 얼굴에 묻은 피를 닦으며 말했다.

얼굴에 튄 피가 흉해 보일까 봐 무의식중에 나온 행동이었다.

“길들을 바꾸는 기관이 작동했어요. 바뀐 길들을 외울 생각을 안 해서 일단 미카엘라님이라면 알고 있을 것 같아서 왔습니다.”

“그렇게 상황이 심각한가요? 흠… 제발 무사해야 할 텐데…….”

“서두르죠.”

“알겠습니다.”

다행히도 미카엘라는 기관이 작동 시에 바뀌는 길에 대한 원리를 잘 알고 있는 듯 앞장서서 달리기 시작했다.

매사에 꼼꼼한 체질인 미카엘라는 백호상이 알려준 것을 까먹지 않고 외워뒀었던 것이다.

내심 집중해서 외워둔 것을 다행이라 생각한 미카엘라는 빠르게 지희가 있는 방으로 이동했다.

가는 길목마다 핏줄기를 뿜어대는 사탄교도들과 그들에게 처참하게 죽은 한의 능력자, 그리고 일하는 사람들이 보인다.

그들의 억울한 희생에 당장에 그들의 억울한 영혼을 신성력으로 달래어 성불시켜주고 싶은 마음이 굴뚝 같은 미카엘라였다.

“이들은…….”

달려가다 멈춰선 미카엘라는 한 번에 20명가량이 목줄기가 뜯어진 채로 죽어가고 있는 것을 바라보았다.

“제가 한 겁니다. 일단은 눈에 보이는 쓰레기들은 치워야죠.”

한 치의 죄책감도 느껴지지 않는 태령의 말이었다.

그런 태령의 말에 미카엘라는 그들이 전혀 저항조차 못한 채 같은 방식으로 당했다는 것을 알고는 새삼 태령의 무력에 감탄했다.

"이럴 시간이 없습니다. 어서!"

뒤에서 태령이 재촉하는 목소리가 들려온다.

"알겠어요."

서격—

아직도 살아 있는 사탄교도의 목을 홀리 소드로 베어버
린 미카엘라는 다시 마음을 다잡고 지희가 있는 방 쪽으로
달려가기 시작했다.

그리고 그 뒤를 태령이 조급한 듯이 초조한 표정으로 바
짝 달라붙어 이동하고 있었다.

*　　*　　*

"크윽!"

콰앙!

한 번의 폭발음과 함께 무룡이 오른손을 부여잡고 뒤쪽
으로 튕겨져 나간다.

"무룡!"

제인이 나가떨어지는 무룡을 보며 외쳤다.

"제인, 한 눈 팔지 말고 적을 봐!"

무룡 또한 제인을 향해서 날아드는 네거 잭 슈날드의 할

버드를 보고 다급하게 외쳤다.

"쳇!"

제인의 의지에 따라 솟구치는 불길이 반발력으로 제인의 몸을 빠르게 뒤쪽으로 밀어 할버드는 허공을 갈랐다.

"괴물 같은 자식."

무룡이 씹어내듯이 말을 하며 힘겹게 일어섰다.

"동감이야. 저 자식 처음에는 비등비등하더니 모습이 변하고 난 후로는 우리가 천혀 상대도 안 되고 있어."

먼지가 일어나 상대방이 잘 보이지 않자 무룡과 제인이 인상을 쓰며 먼지 속을 뚫어져라 쳐다보았다.

그리고 먼지 속에서 한 인영이 여유로운 걸음으로 걸어 나왔다.

"아직 내 여흥을 채우려면 갈 길이 멀다."

고저 없이 철골을 숟가락으로 긁는듯한 목소리가 울려 퍼진다.

아까의 우람하고 철그렁 거리는 갑옷은 사라진 지 오래다.

전신을 타이츠처럼 뒤덮은, 영롱한 빛이 감도는 은색의 액체 철.

철이라고는 믿기 힘들 정도로 유연한 액상 몸체는 제인의 화염에도 그슬리지도 않았고 무룡의 전력을 다한 일격에도 찌그러지지 않았다.

봉인을 해제 한다는 말 이후 갑작스레 몰아친 에너지의 폭풍 이후 모습을 드러낸 네거 잭 슈날드의 모습은 그렇게 바뀌어 있었다.

그리고 동시에 네거 잭 슈날드가 들고 있던 투박한 할버드도 모습이 바뀌어 있었다.

악마의 형상이 뚜렷이 할버드의 날 면에 그려져 있었고 할버드의 창대는 채찍처럼 휘어지고 늘어나기가 자유자재였다.

"저 미친 괴물 같은 자식."

무룡의 입에서 다시 거친 욕설이 흘러나온다.

"당신이 그런 말 하는 정도면 진짜 미친 건데 말이야."

제인이 피식 웃으면서 농담을 걸었다.

그러자 무룡도 드물게 피식 웃으면서 대답했다.

"난 함부로 말 안 해."

쾅

무룡의 말을 끝으로 제인과 무룡이 몸을 뒤로 날리며 공격을 피한다.

"저건 진짜 사기라고. 철 주제에 늘어나고 줄어드는 게 자유자재라니? 게다가 엿가락도 아니고 채찍질하는 게 말이 돼?"

  제인의 불평이 이어지며 허공에 강력한 불길이 타오르기 시작한다.

  제인이 사용할 수 있는 가장 강력한 불꽃인 푸른 불길이 타오르며 압축되었다.

  "무룡!"

  제인이 무룡을 부른다.

  그리고 무룡이 고개를 끄덕임과 동시에 무룡의 신형이 앞으로 튀어나간다.

  "죽어라! 괴물 자식!"

  무룡의 권강에서 과도한 기의 밀집으로 인해 스파크가 인다.

  그리고 동시에 무룡 자신의 목숨을 고려하지 않은 동귀어진의 공격이 이어지고, 네거 잭 슈날드의 신형이 빠르게 뒤로 날아갔다.

  그리고 그동안에 준비하고 있던 제인 최고의 공격.

  푸른 불꽃을 극도로 압축하여 터뜨리는 푸른 불꽃 폭탄이 골프공 크기까지 압축되어 빠르게 쏘아져 갔다.

  무룡이 동귀어진을 각오한 공격을 해 네거 잭 슈날드가 착용중인 전신 갑옷에 작은 흠집을 내고, 제인의 공격이 그 사이를 파고들어 충격을 준다.

  이것이 바로 제인과 무룡이 한순간의 시선 교환으로 세

운 공격이었다.

목숨을 도외시한 공격을 감행해야 하는 무룡이었지만 제인을 믿기에 일말의 망설임 없이 달려들었고 그 결과 네거 잭 슈날드의 전신을 감싼 액체 철에 작은 흠집을 만드는 것에 성공했다.

"제인!"

무룡이 다급하게 외쳤다.

"알았어!"

제인도 네거 잭 슈날드의 전신을 감싼 액체 철에 난 흠집이 수복되기 전에 유효타를 날리기 위해 서둘렀다.

그러나 그런 그들의 노력은 네거 잭 슈날드의 웃음과 함께 수포로 돌아갔다.

"크하하하! 역시 실망을 안겨주지 않는구나!"

네거 잭 슈날드는 가볍게 제인의 공격을 잡아챘다.

"헙!"

제인과 무룡은 절망했다.

이미 무룡의 공격으로 인해 드러난 흠집은 온데간데없이 사라진 지 오래였고 푸른 불꽃이 압축된 폭탄은 네거 잭 슈날드의 손아귀에 잡혀 김새는 소리를 내며 사라져 버렸다.

"빌어먹을……."

무룡은 포기하고 싶어졌다.

　아무리 발악을 하려고 해도 상대의 발끝을 따라갈 수조차 없었다.

　"좀 더 발악을 해보아라."

　봉인을 해제함과 동시에 악마 공작의 권능을 하사받은 네거 잭 슈날드는 악마 공작의 힘을 사용하며 성격과 인격 또한 바뀌었다.

　네거 잭 슈날드의 원래 성격은 과묵하고 기계적이었다.

　그러나 지금은 전혀 딴판이었다.

　자만과 오만 그 자체.

　그러나 그에 합당한 힘을 지니고 있었다.

　"크흐흐흐… 인간들 주제에 나를 즐겁게 할 정도로 강하다니, 꽤 대단하지 않은가?"

　잔뜩 자만심으로 가득 차 있는 네거 잭 슈날드는 고개를 돌려 악동과 백호상을 보았다.

　"저쪽도 저쪽 나름대로 즐거워 보이는구만."

　네거 잭 슈날드가 한창 무룡과 제인을 가지고 놀며 시간을 때우고 있을 때 악동은 백호상과의 전투로 정신이 없었다.

　아직은 전투의 묘미를 즐기기 위해서 봉인을 해제하고 있지는 않았지만, 과연 전 세계에서 손꼽히는 무력을 지닌 백호상은 정녕 대단했다.

성검을 착용한 미카엘라와 비등한 전투를 벌였던 악동은 지금 백호상에게 정신없이 밀리고 있었다.

백호상의 전신을 뒤덮은 흰색의 파괴적인 기운은 고고하며 도도했다.

그리고 자신과 너무 상성이 안 맞았다.

신성력보다 파사의 힘에 더 강력한 기운이 있다는 것을 오늘 처음 알았다.

악동의 숨은 거칠었지만, 입가에는 미소가 지어져 있었다.

여전히 여유가 있는 악동과는 달리 백호상은 다급했다.

지금 백호상의 힘은 일시적으로 증폭된 힘에 불과했다.

백호상의 무공은 백호의 움직임을 모방해 만들어진 신공이었다.

이름은 백호신공.

그리고 백호신공의 완성은 백호인화였다.

그 이름대로 모습이 반인반수화 되는 것은 아니었지만, 전신을 뒤덮은 흰색의 기운과 백호 신공을 익히는 백씨세가의 사람들의 인상이 어울려 한 마리의 백호를 연상케 했다.

단전을 넘어서 중단전을 열어 천단전에 이르는 경지에

이르러야 가능한 기술.

온몸의 세포 하나하나마다 기운을 불어넣어 그 자신이 스스로 반 신령으로 변하는 기술이었다.

신체에 무리가 심각하게 쌓이는 기술이기에 함부로 사용할 수 없는 기술이지만 일단 쓴다면 내공에 제한이 없고 위력은 상상을 초월하게 된다.

그러나 백호상의 백호인화 제한시간은 10분.

그리고 지금 8분이 흘렀다.

서둘러 끝내야 했다.

"크허엉!"

사자후를 크게 터트리며 백호상이 달려들었다.

그리고 동시에 휘둘러지는 백호의 앞발.

무시무시한 파괴력을 지닌 백호상의 주먹이 악동이 있던 곳을 공격했다,

이미 자리를 피한 악동이 소환해낸 악령의 인형을 이용해 백호상을 공격했다.

"이런 장난감 따위!"

백호상이 휘두른 팔에 걸린 인형이 산산조각이 나며 흩어진다.

"죽어라!"

백호상이 다시 한 번 손가락을 세우고 달려들어 악동의

목줄기를 노렸다.

　마치 맹수가 목을 물어뜯으려 달려드는 형상이 절로 연상된다.

　그러나 악동의 전신에서 심상치 않은 기운들이 흘러넘치기 시작한다.

　사방을 검게 물들게 하는 악동의 기운.

　백호상의 공격 따위는 안중에도 없어 보였다.

　"드디어 온 건가?"

　악동의 입가에 그려져 있던 작은 미소가 점점 크게 번져가며 진해졌다.

　악동의 이마에 솟아나는 작은 뿔.

　그리고 동시에 악동의 전신이 검게 물들기 시작한다.

　"저리 비켜!"

　악동의 손이 휘둘러지고 무지막지한 검은 에너지가 백호상을 후려쳤다.

　"커헉!"

　득달같이 달려들던 백호상은 어느새 시간이 다되어 백호인화가 풀렸고 그 순간 악동의 검은 에너지로 이루어진 거대한 손에 의해 벽에 처박혔다.

　네거 잭 슈날드 역시 무룡과 제인을 각각 양손에 들고 있다가 떨어뜨리면서 잔혹한 미소를 지었다.

"드디어 왔군."

악동과 네거 잭 슈날드의 미소가 진해지고 거대한 마력이 사방을 휘몰아친다.

그리고 마수들의 정점에 선 베히모스의 울음소리가 사자후가 되어 울려 퍼진다.

"크허어어엉!"

Chapter
12
날뛰는 마수

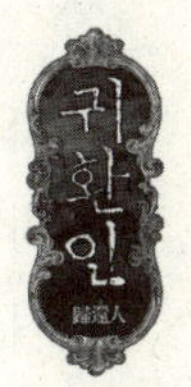

두 개의 기운이 점차 대립해 나간다.

두 개의 거대한 악마의 기운이 똘똘 뭉쳐 압도적인 기운에 대항하기 위해서 더욱 울부짖는다.

그우우우웅―

진한 공명과 함께 진동하는 악마의 힘이 끊임없이 늘어만 가던 중 제인과 무룡, 그리고 백호상은 복도로부터 걸어오고 있는 태령을 볼 수가 있었다.

그리고 그런 태령의 옆에는 긴장한 표정의 미카엘라가 마치 기절할 듯이 서서 간신히 걸어오고 있었다.

"오랜만이군."

네거 잭 슈날드와 악동의 앞에 선 태령이 악동을 내려다 보며 긴 여운을 가진 한마디를 던졌다.

"크흐흐흐흐."

아까부터 무엇이 그리 좋은지 연실 웃음을 흘리고 있는 네거 잭 슈날드.

"이곳에 메시아가 있다는 것을 알고 있다. 빨리 내 놓는 다면 더 이상의 피해를 주는 일 없이 우리는 물러날 것이다."

신이 나서 연신 킬킬거리는 네거 잭 슈날드와는 달리 악동의 이마에서는 한 줄기의 식은땀이 흘러내리고 있었다.

악동은 알고 있다.

지금 눈앞의 남자가 얼마나 위험한지를.

단순히 등장하며 풍기는 존재감만으로 자신들을 긴장시켰다.

머릿속은 긴장하고 싶지 않았지만 몸이, 본능이 긴장하여 숨죽이게 만들었다.

게다가 네거잭 슈날드와 악동이 가진 악마의 힘은 서로 맞지 않는 힘임에도 불구하고 더욱 강력한 힘 앞에서 굴복하지 않기 위해 억지 공명을 일으키기까지 했다.

단순히 등장하는 존재감과 분위기 만으로 말이다.

그리고 저 눈동자.

살기와 광기가 점철되어 태풍처럼 휘몰아치는 저 눈동자.

황금색으로 섬뜩하게 빛나는 눈동자에 더해 아무런 일도 없다는 듯이 일관성 있는 무표정.

하지만 악동은 지금 눈앞의 사내가 얼마나 화가 났는지 감히 예측조차 하기 힘들었다.

'대장로… 아마 대장로에 버금가는 힘을 지니고 있을 것이다. 설마 했지만 봉인을 해제하고도 이 정도의 위협을 받다니…….'

악동은 봉인을 해제함으로써 막강한 힘을 받았다.

다만 봉인을 한 상태로 지낸 200여 년의 세월은 악동의 전투적인 감각을 둔화시키기에 충분했고, 완벽한 자신의 힘을 자각하기 힘들게 만들었다.

오랜 시간 잃어버렸었기에 다시 사용하는 법을 까먹은 훌륭한 도구.

악동은 일단 봉인 해제를 한 지금의 모습이 육체에 완벽히 스며들 때까지 시간을 벌기로 했다.

아직 완벽히 봉인이 해제된 것이 아닌 이상 태령과의 접전은 죽음에 대한 기정사실화였다.

그러나 악동은 옆으로 튀어나가는 한 인영 때문에 절망

했다.

아이언 마스터 네거 잭 슈날드.

지금 네거 잭 슈날드의 모습은 첫 번째 변형이었다.

철의 악마공작과 영혼의 계약을 한 네거 잭 슈날드는 자신의 신체를 대가로 악마공작을 자신의 몸에 강림시킨다.

제일 첫 번째 변형은 악마공작의 힘만을 받아왔을 때의 모습이었다.

악마공작의 권능인 철의 지배력은 철에 대한 이해를 넘어서 재창조의 경지까지 이르렀고, 그것으로 이내 악마공작이 만들어낸 신물질.

액체 강철을 사용할 수 있는 권능을 부여받는 것이다.

그리고 마지막은 네거 잭 슈날드의 소멸을 말한다.

말 그대로 잠깐의 악마공착 현세 강림을 위해서 네거 잭 슈날드를 제물로 바친다.

그렇게 해서 현 세계에 강림한 악마공작은 지옥에서의 힘을 현 세계에서도 그대로 실현할 수 있었다.

그렇기에 네거 잭 슈날드의 존재는 사탄교 내에서도 상당히 중요했다.

현 사탄교 내에서 유일하게 악마 공작을 온전히 강림시킬 수 있는 수단이었으니까 말이다.

"……."

태령은 자신을 향해서 날카롭게 날아드는 할버드를 보며
반 발자국 앞으로 나서곤 어깨를 살짝 털었다.

그러자 태령의 어깨를 스쳐 지나가던 할버드에 태령의
어깨가 부딪히면서 네거 잭 슈날드의 창대가 크게 휘었다.

그러나 부러지지는 않았다.

"키힛! 대단해!"

네거 잭 슈날드의 공격은 끝나지 않았다.

창이 갑작스레 길게 쭉쭉 늘어나더니 태령의 전신을 감
아 옥죄어 오기 시작한 것이다.

태령은 여전히 무표정한 얼굴로 자신의 몸을 내려보았
다.

은색의 영롱한 빛을 띠는 정체를 알 수 없는 물질에 의해
서 완전 포박을 당했다.

"이대로 죽여주마!"

네거 잭 슈날드는 우위에 있다고 시간을 끌며 가지고 논
다거나 하는 사치를 부리지 않았다.

최대한 빠르게 끝낸다.

빠르게 쏘아져 가던 네거 잭 슈날드의 앞으로 내민 손 끝
이 마치 마창처럼 길고 뾰족하게 변했다.

한 번의 도약마다 바닥의 돌들이 까뒤집어지고 있었다.

스팟!

“사라졌어?”

“헉!”

갑작스레 사라진 태령.

분명히 할버드로 꽁꽁 묶어두었었는데도 마력의 사용 없이 사라져버렸다.

“이, 이게 무슨!”

네거 잭 슈날드는 허망한 듯이 외쳤다.

완벽히 우위를 가지고 있었다.

자신의 공격에는 빈틈이 없었고, 그는 이 공격으로 머리통이 꿰뚫려 즉사해야만 했다.

스윽.

“그런 공격에 맞아줄 만큼 자비롭진 않아.”

네거 잭 슈날드의 바로 뒤에서 어깨에 천천히 손을 올린 태령.

귓가에 대고 나지막이 말하는 태령에게 공포감을 느낀 네거 잭 슈날드는 순간적으로 정신이 아득히 멀어지는 것을 느꼈다.

“슈날드! 완전변형을 해라! 완전변형 후에 내가 합동공격을 하겠다!”

멀리서 힘에 익숙해지고 있는 중인 악동이 다급히 외쳤다.

　아무리 대장로 급의 강자라고 해도 봉인을 완전해제한 공작 두 명의 힘을 감당할 수는 없을 것이다.

　쾅!

　네거 잭 슈날드의 어깨에 올려진 손이 부드럽게 움직여 네거 잭 슈날드의 머리통으로 이동했다. 그대로 잡은 머리통을 벽을 향해서 집어 던져버리는 태령.

　그리고 태령은 악동과 벽에 처박힌 네거 잭 슈날드를 보며 말했다.

　"둘 다 이곳에서 죽는다. 이곳의 모든 사탄교도는 살아남을 수 없다."

　선언하듯이 말하는 태령의 모습에 왠지 울컥하는 악동.

　"흥! 이미 이곳에 백여 명에 가까운 교도들이 흩어져 메시아를 찾고 있다. 아무리 네가 날고 기어도 이 넓은 비밀지부 내에서 모든 사탄교도를 죽일 수는 없어!"

　씨익.

　악에 받친 듯한 악동의 외침에 싸늘한 미소가 그려지는 태령.

　"자신할 수 있나? 그들이 내 손에서 살아남았다고 말이야."

　태령이 손을 들어 피로 인해서 붉게 물들어버린 손을 보여주자 악동은 소름이 끼치는 것을 느꼈다.

"지금 이곳에 남은 너희 둘이 마지막인 것 같군."

태령이 악동과 네거 잭 슈날드를 바라보며 작게 중얼거렸다.

그렇다고 해서 못들을 악동과 네거 잭 슈날드가 아니었다.

그리고 악동과 네거 잭 슈날든느 새삼스레 눈앞의 남자, 태령에 대해서 다시 생각하게 되었다.

이전까지 알고 있던 무력이 모두 실제 무력에 비해서 한참이나 모자라던 무력이었다는 것을 말이다.

"이번에는 내가 상대해보지."

악동이 앞으로 걸어나왔다.

그리고 동시에 미카엘라가 악동의 앞을 막아섰다.

"넌 내가 막는다."

다부진 결의 탓에 굳어진 표정으로 악동을 바라보는 미카엘라였다.

그러자 악동은 어이가 없다는 듯이 말했다.

"넌 지금 끼어들 수준이 아냐, 성검이라도 들고와서 끼워달라고 하면 모르겠지만 그런 초라한 홀리 소드를 들고 와서 그런 말 해봐야 우스워 보인다고."

악동은 자신의 앞을 가로막은 미카엘라를 향해서 신랄한 비판을 했다.

무시무시한 포스로 이곳에 있는 모든 사람들의 기를 죽이고 있는 태령에 대한 불만이 아마 미카엘라에게 터져 나온 것일 것이다.

그러나 그런 비판을 들은 미카엘라는 아무렇지도 않은 듯이 눈을 들어 악동을 바라보았다.

흠칫!

그 어느 때보다 푸른빛이 미카엘라의 눈동자에 깃들어 있다.

굳은 결심과 의지로 인해 더욱 성스럽게 빛나는 홀리 소드를 두 손으로 꽉 쥐고 있는 미카엘라의 모습은 성스러웠다.

보통의 홀리 웨펀이 그저 하얀 색인 것을 보았을 때 미카엘라의 홀리 소드는 푸른 색인 것으로 보아 아마 특별한 방법으로 만든 홀리 웨펀인것 같다.

'그러고 보면 미카엘라 저년의 홀리 웨펀이 조금 이상하군.'

악동은 찬찬히 미카엘라를 바라보며 색이 이상한 홀리 웨펀을 분석해보았다.

결론은 금방 내려졌다.

"성휘! 성휘로 인해서 만들어진 홀리 웨펀이로군!"

악동은 경악했다.

역사상 성휘를 사용한 사람들은 제법 있었다.

그러나 성휘라는 것을 그저 방출하는 것을 넘어서 유형화시켜 물질적으로 만든 뒤 무기로 사용했던 사람은 없었다.

미카엘라의 입가에 미소가 그려졌다.

이전 악동과의 전투가 끝난 뒤 미카엘라는 최대한 성검을 가지고 다니는 것을 자제하며 태령과 죽음을 불사한 대련을 펼치고는 했다.

대련을 펼칠 때마다 도무지 끝이 보이지 않는 벽으로 다가오던 태령의 장벽은 미카엘라에게 많은 진전을 안겨주었다.

그리고 그런 진전의 결정체인, 성휘로 만들어진 홀리 소드.

우우웅

미카엘라의 감정에 따라 나지막이 대기를 공명시키며 울리는, 성휘로 만들어진 홀리 웨펀.

콰과쾅

그리고 네거 잭 슈날드가 다시 태령에게 달려들었는지 뒤쪽에서 폭발음과 동시에 굉음들이 들려온다.

그러나 걱정하며 뒤를 돌아보지 않는 미카엘라였다.

지금 눈앞의 악동에게 집중하기로 한 미카엘라는 홀리

소드를 들어 악동을 겨누었다.

"시작해보실까?"

악동 또한 자신의 상대로 미카엘라가 부족함이 없다는 것을 알고는 양손 가득히 검은 에너지 구체를 생성시켰다.

"타핫!"

성스러운 푸른 빛과 저주받은 마물이 되어버린 검은 에너지가 서로 교차했다.

*　　　*　　　*

"후우… 이제 좀 쉬어도 되겠죠?"

백호상이 있는 곳으로 무룡과 제인이 슬금슬금 다가왔다.

백호상도 크게 상태가 좋은 편은 아니었지만 제인과 무룡에 비해서 많이 나은 상태였다.

부러졌는지 팔을 덜렁대고 있는 무룡과, 팔에 길게 베인 상처를 가지고 있어 피를 줄줄 흘리고 있는 제인을 본 백호상이 인상을 찡그렸다.

"기어오기도 힘들어 보이는구만 뭐 하러 이렇게 열심히 오는 겐가?"

상황이 암담하더라도 백호상은 긴장을 풀어주기 위해서

장난식으로 불평했다.

그러자 그런 백호상의 불평에 제인이 작은 미소를 지었다.

"그럼 우리가 오기 전에 말하시든지요. 다 오고 나니까 그러시네. 섭섭해요."

눈앞에선 태령과 네거 잭 슈날드의 전투가 다시 이어지고 있었고 미카엘라와 악동의 전투도 시작되고 있었다.

그리고 세 사람은 자동으로 관람모드로 전환했다.

"호오? 미카엘라 양이 저런 기술이 있었던가?"

백호상은 미카엘라의 손에 쥐어진 홀리 웨펀을 보면서 신기하다는 듯이 말했다.

"그렇게 열심히 수련을 하시더니, 정말 대단하네요."

제인은 미카엘라를 몽롱한 시선을 바라보았다.

"그렇기도 하고, 자네들도 상당히 발전했더구만. 여기서 수련을 안 한 놈은 나와 저기 저 괴물 같은 놈 뿐이구만."

백호상은 뒷머리를 긁적이며 머쓱하다는 듯이 중얼거렸다.

확실히 지금 무룡은 화경의 경지에 들어섰다.

이미 권강의 수발이 자유자재인 무룡은 S급의 요원이라고 해도 충분했고 제인 역시 이미 S급의 요원을 넘어서는 의지력을 지니고 있었다.

둘의 성장이 자랑스러운 백호상이었다.

한편으로는 사탄교의 장로라는 사람에 대해서 더욱 경각심을 가지게 되었다.

자신의 백호인화를 버티어내고 오히려 역습을 가할 정도로 강력했다.

게다가 그런 장로가 무려 열 명이나 있다는 사실에 백호상은 걱정이 되었다.

아직 다른 세력들의 수장들은 미카엘라에게 사탄교의 전력에 대해서 제대로 듣지를 못했다.

이번 일이 넘어가게 된다면 일단 지희를 더욱 안전한 곳으로 옮기고 세력들의 힘을 모아야겠다고 생각하고 있는 백호상이었다.

물론 맹룡학이 자신을 따라줄지는 의문이었다.

'어서… 그분이 나오셔야 할 터인데…….'

백호상은 내심 있으면 괴롭지만, 누구보다 든든한 우군이 생각났다.

지금은 깨달음을 얻어 더욱 강해지기 위해서 폐관수련에 들어갔지만 새삼 없으니 더욱 필요해지는 사람이었다.

콰과광!

또다시 굉음이 들리자 생각에 잠겨 있던 백호상의 시선이 미카엘라를 향한다.

많이 약해져 있는 성휘의 빛.

푸른 빛이 연해지기는 했지만 미카엘라의 눈빛은 아직 살아 있었다.

그리고 태령 쪽은…

"저게 뭐지?"

백호상은 태령 쪽으로 고개를 돌렸다가 묵묵히 서서 태령이 바라보고 있는 어떠한 생명체를 보았다.

제인과 무룡을 상대할 때부터 네거 잭 슈날드라는 존재의 전신을 두르고 있던 은빛의 영롱한 빛을 띄는 액체 강철이, 처음 보는 존재에게서 줄기줄기 흘러나오고 있었다.

제인과 무룡 또한 적의 새로운 모습에 경악하고 있었다.

*　　*　　*　·

"후욱… 후욱……."

거친 숨을 몰아쉬고 있는 미카엘라.

성휘로 만들어낸 홀리 소드를 쥔 손이 떨리고 있다.

그에 비해서 악동은 아직 멀쩡해 보였다.

"많이 힘들어 보이는군."

거친 숨소리를 숨기지 못하는 미카엘라를 보며 악동이 장난스러운 미소를 지었다.

확실히 대단했다.

봉인을 해제한 자신을 상대로 이렇게 버틴 것은 정말 대단하다는 말로도 모자랄 정도다.

악동의 장로 내 서열이 비록 5위기는 하지만 무력에 있어서는 3위의 힘을 지니고 있다.

신에 대한 복수심에 점철된 200여 년을 보내왔던 악동이기에 가능한 힘이었다.

그래서 더욱 미카엘라가 대단해 보였다.

그리고 더욱 탐나는 존재였다.

아름다운 외모와 함께 무한한 가능성.

그 짧은 시간에 성검을 버리고 자신만의 무기를 만들어 낸 미카엘라의 재능이 탐나는 악동이었다.

"다시 한 번 물어보는데 사탄……."

"닥쳐라."

싸늘한 일갈로 악동의 말을 자르는 미카엘라.

버티는 게 고작이었다.

봉인 해제를 한 악동의 앞에서 버티는 것이 고작이었던 미카엘라는 아직도 한참이나 부족한 자신의 실력에 한탄했다.

그토록 수련에 수련을 박차를 가했었건만 아직 미카엘라가 감당할 수 없는 존재들이 이렇게 존재한다.

으드득.

악동을 보는 미카엘라의 눈빛에 독기가 더해진다.

"절대 날 넘어갈 수 없어!"

미카엘라의 눈빛에 더해진 독기는 희미해졌던 성휘를 더욱 밝게 빛내주었다.

일순간 크게 빛을 발한 성휘가 푸른빛을 넘어서 영롱한 빛을 발휘하기 시작한다.

"음?"

미카엘라는 전신을 감싸고 도는 희열에 몸에 축적되어 있던 피로들이 모두 풀리는듯했다.

전신에 차오르는 힘.

그리고 자신을 공격해오는 악동의 공격들이 모두 보인다.

동시에 카운터를 노리고 들어가는 미카엘라의 전신을 영롱한 무지개 빛이 감싼다.

"그대에게 힘을, 그대에게 용기를, 그대에게 무한한 축복을."

미카엘라의 뒤쪽에서 들리는 청명한 목소리.

"크학!"

미카엘라는 공격해 들어오던 악동의 모든 공격을 피해내고 처음으로 공격을 성공시켰다.

그리고 자신에게 이토록 강력한 축복을 걸어준 사람을 찾기 위해서 고개를 돌렸다.

그리고 그곳에는 이지를 상실한 지희가 허공에 둥둥 뜬 채로 이곳을 바라보고 있었다.

아직 각성을 시작하지는 않은 듯했다. 지희에게 이지가 없는 데다가 특별히 신성력을 발출하고 있는 상황이 아니었기에 악동이 아직 눈치를 채지 못한 것 같았다.

미카엘라의 시선이 다급하게 백호상을 향한다.

그리고 시선을 받은 백호상과 제인, 무룡이 빠르게 다가가 지희를 데리고 자리를 빠져나갔다.

그리고 그 사실을 태령과, 태령과 대치중인 네거 잭 슈날드도 보았다.

[어딜 도망치려 하느냐!]

이미 악마공작으로서의 인격으로 변한 네거 잭 슈날드가 전신에서 빠르게 솟구친 액체 강철로 백호상과 무룡을 노리고 들어갔다.

그러나 태령의 손짓에 의해서 생성된 검은 삭풍은 가볍게 네거 잭 슈날드의 공격을 막아내었다.

"아직 버틸 만하겠지?"

태령이 뒤에 서 있는 미카엘라를 보며 말을 걸었다.

"길어야 5분?"

"충분하다. 곧 그리로 가지."

눈앞의 상대를 보고도 여전히 자신감이 가득한 태령이었
다.

그리고 그런 태령의 말에 기가 막힌 것은 지옥에서의 힘
을 그대로 가지고 나온 철의 악마 공작이었다.

[하! 인간 주제에 쓸 만한 힘을 얻더니 결국은 미쳐 버린
게냐? 5분 안에 죽여주지!]

네거 잭 슈날드에게 강림한 철의 악마 공작은 진노하며
액체 강철로 만들어진 스피어로 태령을 찔러들어갔다.

"짓눌러라."

태령의 손이 위에서 아래로 천천히 내려온다.

쿠웅!

삽시간에 수백 배로 늘어나 버린 중력.

그리고 태령이 지배하는 공간 안으로 마력이 중첩되어
과포화 상태로 빽빽하게 들어찼다.

태령은 악동과 눈앞의 철의 악마 공작에게 똑똑히 들리
도록 말했다.

"마수가 분노하면 어떻게 되는지 보여주지."

크허어엉!

거친 사자후가 태령의 입에서 터져 나오고 돌연 태령의
모습이 변하기 시작했다.

황금빛으로 변하기 시작한 머리카락들.

눈동자가 길게 찢어지기 시작하고 전신을 황금색의 마력 결정들이 뒤덮기 시작한다.

"크르르……."

붉은 안광이 폭사 된다.

그리고 동시에 길어진 어금니가 위협적으로 도드라진다.

까드득

길게 자라난 손톱은 손톱끼리 긁히면서 소름 끼치는 소리를 내고 있었다.

[크르르르르. 다 죽이겠다.]

살기와 광기를 폭사시키며 모든 것을 무릎 꿇리는 마수왕 베히모스가 태령의 몸을 빌어서 이곳에 강림했다.

Chapter
13
각성

　마수왕으로 변한 태령은 희미해진 이성을 더욱 확실히 하면서 붉게 빛나던 안광을 정리했다.

　안광이 정리되고 전신이 황금색으로 빛나기 시작한 태령은 주변을 쓰윽 둘러보았다.

　지반이 1미터 가까이 내려앉았다.

　그리고 태령의 앞에 있던 철의 악마 공작은 바닥에 눌러붙어 버렸고 악동 또한 일어서지 못하고 있었다.

　사정은 미카엘라도 마찬가지였다.

　오히려 더욱 고통스러워하는 미카엘라.

태령의 권능인 데스 존이 펼쳐지고 범위 내의 모든 생명체들은 절대자 앞에 고개 들지 못한다.

황금빛으로 빛나는 태령의 손짓이 이어지고 미카엘라는 거친 숨을 몰아쉬며 자리에서 일어났다.

몸의 곳곳에 크고 작은 상처들을 달고 있는 미카엘라였다.

게다가 아까의 데스 존의 형성으로 인해서 더욱 큰 상처를 입은 미카엘라였다.

입으로 피가 올라오는것을 억지로 참으며 미카엘라는 황금빛의 태령에게 시선을 빼앗겨 버렸다.

두근두근.

심장이 세차기 뛰기 시작한다.

스스로 신이 된 듯한 태령의 모습.

황홀한 아름다움이었다.

황금빛으로 빛나며 고고한 기상이 가득한 태령.

그러나 눈빛은 고독한 맹수가 무엇인지 그대로 보여주고 있었다.

절대자의 위치에 올랐기에 더욱 고독한 외로운 맹수.

상처 입은 맹수들이 가지는 독한 눈빛과 고독이 얼룩진 눈빛은 마주치기만 해도 오금이 지리게 만들었다.

[오랜만이구나…….]

태령의 입에서 태령의 목소리가 아닌 다른 목소리가 나왔다.

주변을 둘러보는 태령의 눈빛이 아까와 많이 다르다.

아까는 익숙했지만 지금은 아니다.

마치 새로운 장소를 바라보는 듯하다.

그리고는 그가 네거 잭 슈날드가 있는 곳으로 발걸음을 옮긴다.

콰앙!

콰직!

그대로 짓밟았다.

[크아아악!]

네거 잭 슈날드는 순간적으로 태령의 발길질을 방어하기 위해서 액체 강철을 끌어 모아 경직시키며 방패를 만들었다.

하지만 모래로 만든 것보다 허망하게 부서져 버렸다.

[약하다. 약해 빠졌다.]

경멸에 가득한 눈빛으로 철의 악마 공작을 바라본 태령이 악동에게로 간다.

[너도 쓰레기구나.]

부들부들 떨며 고개를 들기 위해서 안간힘을 쓰는 악동을 내려다보는 태령의 입에서 차가운 일갈이 터져 나왔다.

[오랜만에 나온 세상이거늘…….]

품위와 품격이 말투와 행동에 그대로 드러난다.

모든 것을 굽어보는 절대적인 위치에 올라선 자의 기품마처 흐른다.

존재감 자체가 달라졌다.

태령의 존재감이라면 이렇지 않았다.

말로 설명할 수는 없지만 태령에게서는 듬직하면서도 기대고 싶은 존재감이 흘러나왔다.

하지만 지금은 아니다.

일말의 감정조차 없는 태령의 눈동자.

분노조차 하지 않는다.

굳은 얼굴에는 그저 지루하다는 감정만이 떠올라 있다.

마치 모든 것을 알기에, 모든 것을 마음대로 하기에, 오히려 그것조차 지루하다는 얼굴.

지금의 존재감은 절대자의 그것이었다.

홀로 높은 곳에 서서 아래를 바라보는 듯한 느낌.

미카엘라는 이미 전투의지를 잃은 네거 잭 슈날드와 악동을 보며 더 이상의 전투는 없을 것이라 판단했다.

아마 악동이나 네거 잭 슈날드도 느끼고 있을것이다.

저 존재가 가지고 있는 힘을.

그리고 드러나지 않은 것들을.

알 수는 없지만 느껴진다.

마치 바다의 한 부분만 본 것 같은 느낌.

수평선 너머에 무엇이 있는지 모른다.

하지만 수평선이 끝이 아니라는 것은 잘 알고 있다.

태령도 마찬가지였다.

지금 태령이 보여주고 있는 것이 태령의 전부가 아닐 것이라 생각했다.

“너, 넌… 대체 정체가 뭐냐!”

악동이 악에 받힌 듯이 소리를 질렀다.

분하기도 할 것이다.

장장 200여 년 동안 축적해 온 복수심과 힘이었다.

그런데 이렇게 쉽게 제압당한 자신이 너무나 비참했다.

자신의 힘이 모자라다는 사실이 이렇게 애통할 수가 없었다.

[지금 나의 이름을 물은 것이냐? 감히 너같은 것이?]

느릿한 여유로운 걸음으로 악동에게 걸어간 태령은 악동의 머리에 손을 얹은 뒤 천천히 쓰다듬었다.

[이름을 알려주도록 하지. 그 대신 대가는 너의 죽음이다. 그래도 알고 싶은가?]

고저도, 특유의 말투도 없는 그저 음성이었다.

그러나 그렇기에 더욱 소름끼치는 태령의 존재였다.

악동은 어차피 살아남기는 글렀다고 생각했다.

"어차피 죽을 테니까."

악동은 모든 것을 체념한 듯했다.

눈 앞의 황금빛 사내는 악동으로서도 답이 없었다.

철의 악마 공작을 저렇게 가볍게 짓눌러 버리는데 자신이라고 별수 있을 리가 없었다.

다만 악동은 한 가지 믿고 있는 것이 있었다.

바로 영혼의 전이.

200여 년의 세월 동안 자신의 생명을 이어온 유지 수단이기도 했고 어린아이의 모습일 때마다 매년 하는 영혼의 전이였다.

놀랍도록 정밀하게 만들어진 인체 인형에 사술로 영혼을 전이시킨다.

그리고 악동의 권능으로 인형을 살아나게 만들고 그곳에서 악동은 다시 태어난다.

악동은 이번에도 그렇게 다시 태어나려 하고 있었던 것이다.

"알고 싶어."

악동은 체념한 듯한 연기를 하며 권능을 준비했다.

한국 지부에 있을 자신이 준비해 두었던 생체 인형으로 이어진 영혼의 끈에 집중한 악동은 간신히 끈을 잡았다.

그리고 권능을 조금씩 아주 천천히 태령이 알아챌 수 없
도록 펼치고 있었다.

[나는 권태령. 천애의 고아로 태어났을 때 부모에게 버려
져 홀로 살아온 인간. 그리고 소중한 사람들을 위해서 목숨
마저 버릴수 있는 그런 존재.]

태령의 말을 들은 악동의 인상이 찡그려졌다.

그건 다 알고 있는 사실이었다.

그러나 지금 눈앞에서 황금빛으로 빛나는 태령의 인격은
달랐다.

마치 완벽히 다른 사람인 것 같은 느낌.

악동은 태령이 가진 힘의 비밀이 이 인격에 있을 것이라
고 생각했다.

그리고 그 생각은 틀리지 않았다.

[또한 마계의 총사령관이자 파괴의 마공작. 현 마계의 마
수들을 지배하는 절대적인 권력을 지닌 마인. 내 이름은 디
스트로이 드 베르키. 전 마계의 마수왕이자 역대 가장 마황
에 근접했던 존재의 전승자.]

태령이 비밀이 그대로 밝혀지는 순간이었다.

그러나 악동은 태령이 말하는 것을 제대로 알아듣지 못
했다.

다만 마계라는 곳에서 굉장한 권력을 가졌던 존재라는

것만을 유추해 냈을 뿐이었다.

태령, 마수왕의 말이 끝나기가 무섭게 변화가 나타났다.

악동의 신체가 점차 바스라지는 소리를 내더니 검은 기운을 밖으로 배출하기 시작했다.

역한 냄새가 사방을 메꾸고 가만히 지켜보던 미카엘라는 다급히 코와 입을 막았다.

강력한 독 성분이 느껴졌기 때문이었다.

하지만 태령은 그저 심드렁했다.

[내 안의 태령이 죽이지 말라고 하더군. 아직 쓸모가 있다고 하던가? 일단 지금은 이렇게 보내주도록 하지. 하지만 다음에는 진정한 파괴가 무엇인지 체험하게 해주도록 하지.]

일말의 감정도 없이 자리에서 일어난 태령은 그대로 발을 들어 이미 영혼이 빠져나간 악동의 머리통을 짓밟아 버렸다.

콰직!

악동의 머리통이 깨어졌다.

진득한 뇌수가 흘러나왔다.

자신의 발을 더럽히는 뇌수를 한 번 힐끗 쳐다본 태령이 눈을 돌렸다.

어린애의 머리통을 깨부쉈지만 그에 대해선 일말의 감정조차 일지 않는 완벽한 자연체였다.

태령은 다시 철의 악마 공작에게 다가갔다.

지금 태령이 하려는 것은 정보를 얻어내는 것이었다.

비통한 표정으로 태령을 바라보던 철의 악마 공작은 고개를 들어 태령을 바라보았다.

[지희에게 가봐.]

미카엘라에게 그렇게 지나가면서 말한 태령은 다시 철의 악마 공작 앞에 쭈그리고 앉았다.

[넌 누구지?]

간단한 질문이었다.

다만 무심한 태령의 어조와 일말의 감정조차 느껴지지 않는 행동에서 오는 무감각함에 소름이 끼칠 뿐이었다.

[으극… 말해줄 수 없다. 지옥의 악마 공작으로서 죽겠다. 그대도 귀족의 작위가 있다면 귀족의 예우를 다해달라.]

[웃기는 녀석이군. 참고로 말하지만 난 귀족 같은 게 아니야. 그다지 소속감도 없지. 귀찮거든. 내 앞에서 귀족이라고 으스대던 녀석들은 모두 죽었어. 거슬렸거든.]

마치 아무 일도 아니라는 듯이 수백의 귀족급의 마족을 죽인 일을 말하는 태령.

그리고 그런 태령을 보던 미카엘라는 떨어지지 않는 발걸음을 재촉하며 지희와 백호상이 갔던 길을 따라 달려가기 시작했다.

[후, 드디어 갔군.]

태령은 마치 미카엘라가 사라지기를 기다린 것처럼 말했다.

[이건 웬만한 사람들이 보면 좀 싫어해서 말이지.]

서슴없이 내뻗어진 손이 철의 악마 공작의 머리통을 우악스럽게 잡았다.

[뭐, 뭐하는 짓이냐!]

만약에 데스 존이 펼쳐지지 않았다면 태령은 철의 악마 공작에게 공격을 당했을 것이다.

하지만 데스 존의 영향력 때문에 쉽사리 움직이지 못하는 철의 악마 공작은 그저 몸을 움찔움찔 하는것이 전부였다.

[닥치고 있어. 아니면 진정으로 소멸시켜 버릴 테니까. 생살을 모두 찢어발기기 전에 닥치는 게 좋을 거야.]

의지로 대화하는 두 귀족급의 존재.

그 덕에 태령의 살심이 그대로 철의 악마 공작에게 흘러들어갔다.

'저, 정말이다… 진심으로 고민하고 있어.'

철의 악마 공작은 감사해야 했다.

지금 눈앞의 황금빛 존재는 고민하고 있었다.

그것은 빈 말이 아니라 진심이었다.

태령이라는 인간의 탈을 쓴 덕분에 현재 황금빛 존재 안에는 두 개의 인격이 공존하고 있다.

그 두 인격이 싸우고 있다.

만약 어느 한쪽이라면 고민할 필요도 없으리라.

지금까지 악마 공작이 살아 있을 수도 없다.

인격이 두 개인 탓에, 두 인격이 쉽사리 뜻을 합치지 못하고 있었다.

그래서 그의 삶이 조금이나마 늘어나고 있는 것이다.

만약에 눈앞에 나와 있는 인격 하나뿐이라면 진즉에 악동과 철의 악마 공작은 영혼마저 소멸되었을 것이다.

그제야 눈앞의 존재가 얼마나 무서운 존재인지 알 것 같았다.

파칫!

파츠츠츠!

태령의 손에서 작은 황금색의 스파크가 일었다.

그리고 동시에 철의 악마 공작은 자신의 머릿속으로 흘러들어 오는 끈적끈적한 느낌의 기운이 뇌를 덮는 것을 느꼈다.

[크아아아악!]

동시에 전신을 덮치는 말로 형언할 수 없는 고통.

그저 비명을 지르며 움직이지 않는 몸을 움찔거리는 것으로 고통을 줄이는 것이 다인 철의 악마 공작이었다.

[발버둥이 심하군.]

촤악!

비명소리가 시끄럽다고 느낀 태령의 손속은 거침이 없었다.

그 상태 그대로 철의 악마 공작이 강림한 네거 잭 슈날드의 신체에서 목젖을 그대로 쥐어 뜯어내었다.

성대가 사라지자 철의 악마 공작은 더 큰 고통과 비명조차 나오지 않는 절망감에 죽을 것만 같았다.

영원에 가까운 삶을 살아오며 이렇게 죽음이라는 것에 가까워졌던 기억은 없었다.

[호오… 그런 거였나?]

태령은 철의 악마 공작이 강림한 네거 잭 슈날드의 뇌에서 마력을 이용해서 모든 기억을 흡수하는 중이었다.

어느새 철의 악마 공작이 강림했던 네거 잭 슈날드는 죽어버렸고 철의 악마 공작은 강제적으로 지옥계로 역소환되었다.

마치 미라처럼 빼빼 말라 버린 네거 잭 슈날드의 시체.

[흥, 버러지 같으니.]

그런 시체를 아무렇게나 집어던진 태령은 미카엘라가 이
동한 흔적을 찾아 지희에게로 향했다.

Chapter
14
제2차 아마겟돈

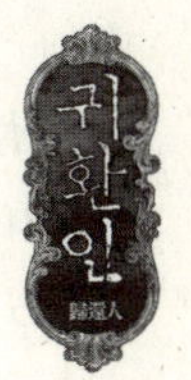

지희의 상태는 굉장히 심각했다.

이미 생명 부식은 상당히 진행되어 있었고 각성과 동시에 생겨난 성흔 때문에 온몸에서 상처를 입고 피를 흘리고 있는 중이었다.

성흔으로 인해서 생명력이 많이 약해져 있는 틈을 타 무서울 정도로 증식한 생명 부식의 능력은 스스로 힘을 키워 가며 커지기 시작했다.

"어디로 가야 하나요?"

무룡의 목소리가 생생하다.

아까까지만 해도 다 죽어가는 듯이 힘도 없고 팔은 덜렁 거리고 있었지만 지금은 전혀 아니었다.

모든 체력은 회복되었는지 얼굴에 생기가 돌고 있었고 덜렁거리고 있어야 할 부러진 팔은 어느새 힘을 되찾았다.

그 사정은 제인도 마찬가지였다.

곧 죽을 것처럼 피를 뱉어내고 의지력을 상당히 소모해 서 그런지 빈혈 증세까지 일으켰던 제인이었다.

그러나 지금 달리고 있는 제인은 생기발랄한 모습이었 다.

팔에 길게 그어졌던 상처는 온데간데없었고 상당히 많은 피를 흘려서 파랗게 질렸던 안색은 어느새 혈기가 왕성하 게 돌았다.

"일단 이 비밀 지부에서 벗어나지는 않을 거다. 내 사무 실로 가면 비밀 워프존이 있으니 그곳으로 간다."

백호상이 지희를 안아 들고 달려가며 말한다.

'장난 아니군. 그냥 숨을 쉬는 것만으로도 신성력이 내뱉 어지고 있어.'

백호상은 지희를 안고 가면서 괴물 같은 신성력을 만들 어내는 지희를 심각한 표정으로 바라보았다.

그저 주위에 있는 것만으로도 지쳤던 모든 체력이 채워 지고 다쳤던 상처가 저절로 아문다.

그야말로 걸어다니는 기적 그 자체라고 해도 과언이 아
니었다.

‘이게 메시아의 힘이란 말인가……’

백호상은 지희가 지닌 힘이 얼마나 탐스러운 힘인지 잘
알 것 같았다.

그리고 동시에 다른 세력에서 지희를 얼마나 탐낼지도
예상되었다.

“후우……”

달리면서 한숨을 내쉰 백호상은 지금 이 순간 죽어가고
있는 지희를 보면서 어떻게든 서둘러야 한다는 생각뿐이었
다.

‘잡생각은 버리자! 일단은 살리는 게 중요해.’

백호상은 지금 이 순간 지희를 살리는 것에만 집중하기
로 했다.

더 이상의 잡념은 방해만 될 뿐이었다.

무룡과 제인도 마찬가지였다.

옆에 있을 뿐이었는데도 상처가 순식간에 모두 사라지고
체력이 차오르게 하는 무지막지한 신성력에 놀라고 있었
다.

게다가 숨을 쉴 때마다 내뱉어지는 신성력의 농도 또한
어림잡아도 미카엘라를 능가했다.

진정으로 상상을 뛰어넘는 신성력이었다.

그리고 동시에 저런 신성력이라면 사탄교에서 지희를 죽이지 못해서 안달이 난 이유가 충분히 납득이 갔다.

"잠깐!"

백호상이 달리던 것을 멈추고 뒤를 돌아보았다.

"무슨 일……?"

백호상에게 이유를 물으려던 제인도 뒤쪽에서 느껴진 기운을 감지하고 반가운 표정을 지었다.

"미카엘라님!"

복도 멀리서 찌그러진 푸른빛의 갑옷을 입고 있는 미카엘라가 다급히 뛰어오는 것이 보였다.

"지, 지희 양은 어떤가요?"

오자마자 인사는 생략하고 지희부터 찾는 미카엘라.

백호상이 안고 있는 지희를 발견한 미카엘라는 서둘러 지희의 몸 상태를 살펴보았다.

"역시……."

미카엘라의 표정이 단숨에 일그러졌다.

"왜 그러시는 거지?"

심각한 듯한 백호상과 미카엘라를 본 제인이 무룡의 옆구리를 팔꿈치로 쿡쿡 찌르며 물었다.

하지만 무룡이라고 알 리는 없었다.

"쉿, 조용히."

무룡은 검지를 입술에 손가락을 대며 제인을 다물게 했다.

"역시 지금 각성을 시작한 이유가 생명력을 갉아먹는 저주 때문인 것 같아요. 그것 때문에 더욱 약해진 생명력을 신성력이 갈피를 못 잡아 치유하지 않고 있어요."

스스로의 상처를 돌보지 않고 주변의 상처부터 치료하는 신성력이라는 걸 알아낸 미카엘라는 옅은 한숨을 내쉬었다.

저주를 억제하던 성검은 지희의 몸에서 떨어지고 난 뒤였다.

지금 무언가 하지 않으면 지희는 이대로 죽고 말 것이다.

"지금 당장 뭐라도 해야 해요! 안 그러면 더 이상 지희 양의 목숨은 장담할 수 없어요!"

다급하게 외치는 미카엘라였지만 백호상이라고 무슨 수가 생기는 것이 아니었다.

지금 지희를 도울 수 있는 사람은 적어도 지희가 가지고 있는 신성력만큼의 양과 농도를 지닌 기운을 가진 자가 뿐이었다.

그런 자가 지희의 신성력을 대신해서 생명력을 먹히는 방법뿐이었다.

“태령 씨…….”

“태령 군?”

백호상과 미카엘라는 둘 다 똑같은 생각을 했다.

끝을 상상할 수 없는 기이한 기운의 양과 그 숨 막힐 듯한 농도.

그리고 평범한 인간과는 다른 그라면 저주에 걸려도 정신력이 저주를 건 사람보다 월등히 높을 테니 충분히 저주에서 벗어날 수 있을 것이다.

“지희 씨를 살릴 방법은 하나.”

“태령 군뿐이라는 건가…….”

백호상과 미카엘라는 안색이 환해졌다.

차기 메시아인 지희를 구할 수 있다는 생각 때문이었다.

하지만 이내 태령에게 미안한 감정이 들었다.

그러나 다른 방도가 없었다.

태령이 대신 희생을 하는 방법 말고는 방법이 없었기에 미카엘라와 백호상은 태령에게 미안한 감정이 들었다.

“일단 기다리죠. 태령 씨도 금방 올 겁니다.”

“설마 태령 군 혼자서 그 두 명을 상대하고 있나요?”

백호상이 경악하듯이 외치면서 물었다.

자신은 한 명도 상대하기가 버거웠다.

그런데 비슷한 수준의 상대를 두 명이나 대적할 정도라

는 것이 놀라웠던 것이다.

"…예."

미카엘라는 황금빛으로 변한 태령을 떠올리고는 떨떠름한 표정을 지었다.

과연 그 존재가 태령이라고 할 수 있을까?

미카엘라가 보기에는 그건 태령이 아니었다.

태령의 안에 잠들어 있던 또 다른 인격.

그는 자신을 그렇게 설명했다.

미카엘라를 비롯한 사람들이 알고 있는 태령과는 다른 존재.

마계라는 곳에서 정점에 도달했던 권력자이자 최강의 마인이도 했던 존재.

그리고 감정이 없는 가면을 쓴 존재.

무감각이라는 가면을 쓰고 상처 입은 모습을 감춘 고독한 맹수.

미카엘라는 태령의 눈빛을 보고 그렇게 생각했다.

황금빛의 태령의 인격에 대해서 아는 바는 없었지만 그저 느낌만으로도 그런 것이라 생각했다.

"금방 올 겁니다. 제가 마지막으로 봤을 때 이미 둘은 전투의지가 없었으니까요."

이어지는 미카엘라의 말은 백호상에게 크나큰 충격을 주

었다.

"그 정도였나요? 태령 군이?"

직접 보지는 못한 백호상은 미카엘라의 말을 믿지 못했다.

그러나 믿어야 했다.

지금 미카엘라의 뒤쪽에 서 있는 태령을 보고 말이다.

상처 하나도 없이 돌아온 태령을 본 백호상은 턱이 빠질 것 같았다.

상처 하나 없이 이렇게 빠르게 그 둘을 처리하고 왔다는 것보다도 황금빛으로 빛나고 있는 태령의 모습 때문이었다.

[지희라는 여자는 어딨죠?]

마치 지희를 모르는 듯이 말하는 태령.

백호상은 어리둥절했지만 일단 지희를 태령에게 내주었다.

백호상은 일단 지희를 태령에게 주고는 뒤로 물러나 변한 태령의 모습을 보았다.

온몸에서 금빛의 빛을 찬란하게 내뿜고 있었고 머리칼 또한 금빛으로 변해 있었다.

화려한 외관과 달리 태령의 눈에서는 아무런 감정도 느껴지지 않았다.

지희가 목숨이 위험한 상태임에도 불구하고 태령은 그저 무심한 눈동자로 보고 있을 뿐이었다.

백호상은 그런 무관심의 극치의 모습을 보자 소름이 돋는 것을 느꼈다.

그렇게 한참을 보던 백호상은 고개를 든 태령과 눈이 마주쳐 버렸다.

털썩.

순간적으로 백호상은 보아선 안 될 것을 보았다.

힘이 풀린 다리는 더 이상 몸을 지탱하지 못했다.

"수장님!"

"백호상!"

미카엘라와 무룡이 달려들어 백호상을 부축했지만 백호상은 이미 제정신이 아니었다.

태령의 눈동자를 통해서 백호상은 베히모스를 보았다.

황금빛 눈 안에 인간이 아닌 무언가가 있었다.

마수인가, 아니면 괴물인가?

분명한 것은, 그것은 인간 이상의, 혹은 모든 생명체 위에 군림하고 있는 대단히 높은 존재라는 것이다.

아마 그 충격은 굉장히 오래 갈 것 같았다.

백호상의 정신이 나간 사이 태령은 지희를 바닥에 눕히고 다시 하던 일을 시작했다.

일단 지희를 속옷만을 남기고 모두 벗겨내었다.

평소라면 손만 잡아도 귀끝이 붉게 물들었던 태령이었지만 지금의 태령은 그저 무덤덤할 뿐이었다.

게다가 옷을 벗기는 손놀림이 아주 익숙해 보인다.

"경험이 조금 있으신가 봐요."

제인이 응큼한 목소리로 눈을 찡긋하자 태령의 무심한 눈이 제인의 눈동자를 바라보았다.

"아……."

[꺼져라.]

제인이 그렇게 물러나자 무룡이 발끈해서 태령에게 무어라 하려고 했다.

하지만 자신을 말리는 미카엘라의 말에 무룡은 속으로 화를 삼키는 수밖에 없었다.

"지금은 하지 마요. 나중에 태령 씨가 돌아왔을 때, 그때 해요."

의미를 알 수가 없는 미카엘라의 말이었지만 태령이 달라졌다는 것을 무룡도 알고 있었다.

그렇기에 다른 이유가 있을 것이라 생각한 무룡은 일단 참기로 했다.

"이제 어떻게 하실 생각이시죠?"

[일단 내 마력으로 이 여자의 생명력을 갉아먹는 저주를

내 몸속으로 끌어들인다. 그리고 저주를 소멸시킨다.]

미카엘라는 태령이 마치 자신들이 부탁하려 했던 것을 알고 있었던 것처럼 혼자서 알아서 그렇게 한다고 하자 미안한 감정을 느꼈다.

그러자 태령의 황금빛 눈동자가 미카엘라의 눈동자를 본다.

[생각이 읽히기가 쉬운 여자군.]

그냥 가볍게 툭 던진 태령의 말이었지만 미카엘라의 얼굴이 붉게 물들었다.

순간적으로 미카엘라는 눈이 마주쳤을 때 태령을 보며 설레었다.

그리고 그 생각은 그대로 태령이 읽었을 것이다.

그렇게 미카엘라가 패닉이 왔을 때 태령은 지희의 배꼽 위에 손을 바닥을 가져다 대었다.

동시에 자신의 마력을 뭉게뭉게 피워 올리며 지희의 몸속으로 조금씩 집어넣었다.

그 이후는 간단했다.

득달같이 달려든 저주는 태령의 신체로 넘어왔고 순식간에 소멸당해 버렸다.

[이제 어쩔 셈이지?]

지희는 죽음에서 벗어났다.

고민하던 이들이 무안해질 만큼 매우 간단히.

치료를 끝낸 태령이 일어섰다.

이 비밀지부에서 살아남은 사람은 미카엘라와 백호상, 제인, 무룡, 지희, 태령, 이렇게 여섯 명뿐이었다.

"일단 제 사무실에 준비된 비밀 워프존으로 가시죠. 그곳에서 본부로 넘어가면 될 것 같습니다."

"그럼 그렇게 하죠."

그렇게 태령과 백호상 미카엘라를 비롯한 제인과 무룡, 지희는 한의 본부로 가게 되었다.

*   *   *

"다시 실패했단 말인가?"

검은 수정구에서 흘러나오는 음침한 목소리에는 일말의 감정이 느껴지지 않았다.

검은 수정구를 들고 있던 사람의 몸이 움찔한다.

"예… 대장로시여……."

검은 수정구를 들고 있던 사람은 고개를 조아렸다.

"악동도 어쩔 수가 없군. 폐기처리해."

그 말을 끝으로 검은 수정구에서 작은 빛이 흘러나왔다.

"후우……."

밀실에서 수정구를 통한 교신을 끝낸 사내가 나오자 밖에는 뭔가 심상치 않은 기운을 줄줄이 뿌리는 존재들이 일렬로 서 있었고 그 길의 가운데에는 악동이 온몸에 대못이 박힌 채 잡혀 있었다.

"그래… 날 죽이라 하더냐?"

"그렇소."

"그럼 죽여라. 어차피 난 더 이상 써먹지도 못하는 폐기물품일테니까. 그나저나 이런 괴물들을 잘도 일반신도들이 모르게 만들었군."

악동은 더 이상 삶에 대한 미련이 없어 보였다.

"그들에 대해서는 나에게 묻지 않는 편이 좋을 거요. 어차피 나도 잘 모르는 프로젝트였으니까. 그럼 잘 가시오. 그리고 황금빛으로 빛나는 존재에 대한 이야기 잘 들었소."

그 말을 끝으로 악동은 씁쓸한 미소를 지으며 목이 베여 죽었다.

"이번에도 실패했다지?"

검은 후드를 뒤집어 쓴 대장로가 검은색으로 일색이 된 성의 대전에 머리를 조아리며 부복하고 있었다.

그리고 그 앞에 수십만 영혼의 메아리가 갇혀 있다는 지옥석으로 만들어진 왕좌가 보였다.

　　지옥 내에서 웬만한 악마들도 견디기 힘들어한다는 지옥
석의 마이너스적인 에너지를 아무렇지도 않게 생각하는 한
남자가 그 위에 앉아 있었다.

　　손에는 와인잔을 들고 있었고 그 안에 찰랑이는 붉은 액
체는 흔들릴 때마다 귀곡성을 흘렸다.

　　“그렇습니다. 이번 일로 악동은 폐기처분 되었습니다.
그리고 제 권한하에 그들을 풀었습니다.”

　　“그들?”

　　“예. 닥터 레스쿠겐이 만들었던 악인들 말입니다.”

　　“아아… 대장로는 전쟁을 원하는 건가?”

　　대장로는 자신의 뒤통수에 권좌에 올라 앉은 젊은 청년
의 눈빛이 꽂히는 걸 느꼈다.

　　들리는 미성의 목소리와는 달리 말에 담긴 살기는 대장
로의 숨을 통을 조여왔다.

　　“일어설 시간이 됐습니다. 이미 메시아가 각성을 시작한
시기. 선공을 잡는 쪽이 더 유리합니다.”

　　대장로는 오랜 세월을 살아온 존재인 듯 풍부한 경험을
바탕으로 전쟁에 대해서 이야기를 꺼내었다.

　　그러나 권좌에 올라 앉은 청년의 반응은 심드렁할 뿐이
었다.

　　“그래? 그럼 해봐. 그 전쟁이라는 거.”

“예, 알겠습니다.”
단순한 말 한마디.
제2차 아마겟돈은 이렇게 시작되었다.

『귀환인』 1부 완결

CASTLE OF ANOTHER WORLD

강한이 장편 소설

이계 마왕성

『이계만화점』의 작가 **강한이**가 돌아왔다.
그가 전하는 신개념 마왕성의 이야기!

가족을 잃고 더부살이로 받던 설움을 떠나
서울로 상경해 우연히 얻은 셋방
그곳 지하실에서 채빈의 불행한 인생이 뒤엎어진다!

이계마왕성!

그곳에서 배워라, 지혜가 되리라!
그곳에서 얻어라, 내 것이 되리라!

마왕이 아니다. 마왕성을 이용하는 현대인일 뿐.

마왕성의 사나이, 그가 이제 날아오른다!

강한이 장편 소설

Book Publishing CHUNGEORAM

유행이 아닌 자유추구 —
WWW.chungeoram.com

8월 말에 몰려오는 거대한 흐름!
세상을 보는 또 하나의 창!
이젠-북(ezenbook)!
클릭하세요!

오픈 할 때, 통큰 이벤트도 열립니다

세상을 보는 또 하나의 창-이젠북
ezenBOOK

Lord of MAGIC TOWER

마탑의 영주

TURNING POINT

홀로선별 장편 소설

**영빈!
동정의 몸이 되어
20년 전으로 회귀하다!!**

나이 서른아홉 모든 것을 잃고 한강 다리 위에 올랐다.
검푸르게 넘실거리는 깊은 물을 대면한 순간.

운.명.은 이루어졌다!

정령의 힘으로 결의한 지금
새로운 인생의 전환점을 넘어 미래가 펼쳐진다!

『터닝 포인트』

홀로선별 작가의 새로운 도전이 펼쳐진다!

LEGEND OF SWORD EMPEROR
검황전설
미르나래 판타지 장편 소설

2012년, 판타지가 또 한 번 깨어난다.
지금껏 보지 못한 격정과 치열함의 드라마!

『검황전설』

검의 극. 검이 태어나기 전의 장소,
그곳에 도달한 자를 '검의 황제'라 부른다.

괴롭힘 당하던 나약함을 벗고
치우천왕의 능력을 받아
오롯하게 검의 길을 향해 달려가는 아리안!

검의 극을 이룬 자, 검황이라 불릴
아리안이 이끄는 그 전설에서
눈을 떼지 말라!

Book Publishing CHUNGEORAM
www.chungeoram.com